Ma tu ci credi a Babbo Natale?

(e altri impensabili racconti natalizi)

Ivan Perilli

"Allora buon Natale!"

"Lo sai che non li accetto gli auguri di buon Natale."

"Ti ho detto buon Natale, mica ti ho sputato in faccia."

Racconto più, racconto meno

Pronto Intervento Lavatrici

È il 12 dicembre e, con un po' di culo ma non troppo, mi si è scassata la lavatrice. Perché con un po' di culo? Perché quando ho visto quel rigoglioso lago attorno al metallico cubo bianco, il mio occhio subito è andato al calendario. È il 12 dicembre, non il 24. Ho ancora tutte le carte in regola per trovare un tecnico e riparare qualsiasi cosa si sia guastato.

(Cercherò sempre di trovare una forma di fortuna in ogni situazione spiacevole. È un mio mantra.)

Quindi dopo aver buttato qualche straccio per terra e aver chiuso il tubo dell'acqua sul retro della lavatrice, sono andato su Internet e ho cercato il numero di qualche pronto intervento, sperando che non fosse costoso come un pronto intervento di chirurgia plastica.

Chiamo il primo numero e non risponde nessuno, chiamo il secondo e niente nemmeno lì. Al terzo risponde una voce sottile sottile, pareva uno spiritello maligno, quasi fosse un gremlin a parlare. Mi dicono che mi mandano un tecnico nel pomeriggio e che il problema si sarebbe probabilmente risolto nel giro di un'oretta, se il tecnico fosse stato di buzzo buono. Che diavolo significa? E allora se il tecnico ha dormito male io devo pagare il doppio?

Ma anche in questo caso, meglio stare allegri e sperare che sia solo il più banale dei tubi da cambiare. Altrimenti... non so davvero. Comunque, è appena il 12 dicembre.

Fuori la giornata è fredda, classico clima natalizio. C'è vento, il cielo è terso, e secondo me non sarà il primo week-end così, fino alla fine dell'anno.

Sono le due e suonano alla porta, sarà il tecnico della lavatrice. Vado ad aprire ed effettivamente è lui. Un tipo piuttosto grasso, tuta blu da lavoro e direi pure anche avanti negli anni, quantomeno sulla sessantina. Capelli bianchi corti, barba bianca pure lei corta. Mi saluta con voce forte e quasi mi travolge entrando in casa. Un tipo di frettoloso, quindi. O magari aveva dormito male e io dovevo prepararmi al peggio

Si dirige lui stesso in cucina e va sparato dritto dritto alla lavatrice. La guarda, dice il modello ad alta voce. Lo ripete, quasi per forzarsi a ricordarsi qualcosa. OK, vediamo di cosa si tratta, mi dice. Tira la lavatrice avanti. Una certa eccessiva irruenza direi. Gli dico che magari devo togliere la corrente, che ho l'albero di Natale tutto acceso e non vorrei che saltasse qualche fusibile (o lui ci rimanesse secco). Lui mi fulmina quasi con lo sguardo, io trattengo il fiato e lui mi risponde di non preoccuparsi dell'albero.

Quasi con un tuffo si sdraia sul pavimento e gira la lavatrice, inizia a infilarci le mani dietro e dentro, quest'omone in tuta blu buttato sul pavimento sembra una balena in preda a spasmi muscolari, ogni movimento di un braccio corrisponde a una semi torsione dell'intero ciccione. Dopo qualche minuto mi chiede di slacciargli gli scarponi, che gli si sta fermando la circolazione a stare sdraiato. Io faccio quel che posso e gli allento i lacci e, dopo un largo sospiro di sollievo, mi borbotta un grazie. Si avvicina la cassetta degli attrezzi e la apre con un inaspettato agile movimento della mano. Prende una chiave inglese e la butta nella mischia del retro della mia lavatrice. Poi prende pure una piccola torcia che però non riesce ad accendere con la stessa abilità, e bestemmia. Mi sento un po' a disagio e chiedo come sta andando. L'extra-large tecnico blu della lavatrice mi dice che ha qualche buona speranza di farcela senza bisogno di tornare in un secondo momento. Tiro un sospiro di sollievo e faccio una battuta. "Ah allora non la devo chiedere a Babbo Natale una lavatrice nuova!". Il tecnico gira la testa e mi lancia un'occhiataccia. A disagio e forse un po' impunemente chiedo se forse ho detto qualcosa di sbagliato. L'omone sposta un po' la lavatrice e inizia le grandi manovre per alzarsi, cosa che fa poi con non così troppa difficoltà. Mi si para davanti, è alto almeno dieci centimetri buoni più di me. Tira fuori dalla tasca il tesserino della ditta per cui lavora e me lo piazza a un centimetro davanti agli occhi. Io devo ritirare un po' la testa all'indietro, per mettere a fuoco. Leggo il nome: Natale B.

Natale B.? Babbo Natale? Sul serio? Sono un po' imbarazzato.

"Mi scusi, non pensavo si chiamasse Natale... di cognome e B qualcosa di nome... Bruno? eh... Bernardo?"

"Babbo."

"Oddio... Cioè lei si chiama BABBO NATALE?! Ma è pazzesco!"

"Senta, io sto facendo il mio lavoro stamattina, non mi faccia innervosire altrimenti lavoro male. Io non mi chiamo Babbo Natale, io SONO Babbo Natale."

Sono abbastanza confuso, e non riesco proprio a ridere. Questo tecnico, direi ora pazzoide, crede di essere Babbo Natale, forse ha pure un tesserino falso. Anzi, sicuramente è uno scherzo. Glielo dico, lo scherzo è davvero forte, soprattutto per la barba bianca, anche se corta.

"La barba l'ho dovuta accorciare perché mi finiva spesso negli ingranaggi del cestello delle lavatrici."

Rido all'idea, e lui si innervosisce. Gli chiedo cosa ci sia di male se rido al suo scherzo, è per quello che lo fa, per intrattenere la gente sotto Natale, no? Lui, sguardo tra il seccato e l'indifferente, mi dice che non è uno scherzo e batte forte le mani, un colpo solo. Mi dice di andare a dare un'occhiata all'albero di Natale. Vado. Lo trovo spento. Torno in cucina e gli dico che anche quello come trucco non era male, ma sicuramente lui aveva fatto qualcosa con la corrente tramite la lavatrice, sicuramente qualche fusibile fatto saltare appositamente. Tanto il mio albero è pur ricoperto di luci da quattro soldi. Babbo Natale, cioè questo tecnico qui, batte di nuovo le mani e mi dice di tornare a controllare. Io mi aspetto di trovare ora l'albero di nuovo acceso... vado a vedere. Lo trovo invece chiuso, per terra, legato e pronto per tornare nell'armadio. Le luci sono anche loro ordinatamente riavvolte. Sono senza parole e un forte brivido mi percorre la schiena, mi scuote tutto. Che diavolo sta succedendo? È uno scherzo? Io non credo alla magia, di nessun tipo. Temo anzi ci sia qualcun altro in casa. Torno in cucina.

"Ok, va bene, lei è davvero un mago o un illusionista. Ora mi spieghi come ha fatto o se si è portato qualche amico insieme. È incredibile... ma... mi dica che succede."

"Sono Babbo Natale, sono quindi magico e con gli alberi di Natale sono più magico del solito."

Non gli credo. Ho trentaquattro anni. Non credo a Babbo Natale, anche il solo pensiero di pormi il dubbio e di averlo in casa, come tecnico della lavatrice, mi fa pensare di aver bevuto davvero troppo la sera prima.

"Va bene, se lei è Babbo Natale dove sono allora le renne?" Gli chiedo questo con aria divertita e di sfida, stando al gioco di questo inaspettato spettacolo di magia.

Il tecnico batte di nuovo le mani, anche lui con una faccia piuttosto divertita, ora.

Sento strani rumori venire dal soggiorno e dopo qualche secondo, davanti alla porta della cucina, vedo sfilare una renna tutta fatta con le luci del mio albero. Le luci camminano da sole, sono accese, e compongono la forma di una renna. E la presa elettrica, staccata, fa la coda.

Sono allibito. Non poteva aspettarsi una richiesta del genere, non poteva essere preparato. Non è uno scherzo. È una vera magia e io non credo alla magia ma... lo guardo, a bocca aperta.

"Lei è davvero Babbo Natale. Lei è davvero Babbo Natale? O un mago, o un fantasma?"

"Sono Babbo Natale, guardi." E fuori inizia a nevicare e sento il rumore di campanellini a festa.

Bevo un bicchiere d'acqua anche se forse dovrei bere un bicchiere di whisky per calmarmi. Ho Babbo Natale in casa. Devo rivedere le mie convinzioni degli ultimi venticinque anni.

"Ma se lei è Babbo Natale, perché sta qui ad aggiustarmi la lavatrice?"

"Per colpa di Amazon, porca miseria."

Come? Eh? Per colpa di Amazon? Ci risiamo, deve essere uno scherzo.

"Che significa, scusi?"

"Eh, per colpa di Amazon, sì! Fanno tutto loro ora, io ho perso mercato e ho perso il lavoro. Quelli spediscono ovunque e i bambini scelgono i regali su Internet invece che guardarli nelle vetrine nei negozi di giocattoli e poi chiederli a me, a Babbo Natale. I genitori fanno vedere Amazon e i bambini scelgono cosa vogliono. Li prenderei tutti a schiaffi."

Ora, avere il sommo Babbo Natale in casa è già tanto, ma averlo incazzato è una cosa che so già che mi farà passare Santo Stefano in compagnia di qualche bravo psichiatra.

"Ma quindi dove sta il problema?"

"Della lavatrice? Niente, un tubo allentato, ora continuo."

"Ma no, no. Si segga, mi parli di 'sta cosa. Di Amazon, della concorrenza."

Non sembra poi così infastidito dalla mia richiesta e si siede, e io gli preparo un caffè. Sto preparando il caffè a Babbo Natale, dio mio.

"Che vuole che le dica. Con Internet e tutte queste super spedizioni io non servo più. Pure per la Coca-cola ormai sono superato. 'Sti bambini di oggi sono così cretini che guardano le canzoni di Natale sui tablet, invece che andare a fare la foto con i miei sosia in giro per le città. I genitori li farei arrestare tutti. Mettono uno schermo davanti alla faccia dei figli di quattro anni e premono play e li fanno cantare così le canzoni di Natale, invece di cantarle CON loro. I genitori pensano poi a rispondere al cellulare, mentre il figlio già cretino prematuro sta guardando uno schermo di mezza plastica con un cartone animato fatto pure di merda, e con la pubblicità sotto."

Strabuzzo gli occhi alle sue parole così dirette, e lui riprende a parlare.

"Guardi, io sono ateo."

Babbo Natale è ateo?!

"Sì, sono ateo. Io Dio non l'ho mai incontrato e non credo esista. Io penso alla mia magia e al mio ruolo. Se Dio esistesse avrebbe comunque già rimosso il Natale. E ai genitori dei bambini col tablet in mano li avrebbe dato una vanga e li avrebbe mandati a zappare la terra in Africa. Guardi, non è per il lavoro che ho perso, ma per il modo. Natale era una festa di genitori e figli, di amici e parenti, che si scambiavano regali, pacchetti. Pensieri! Ora invece questi deficienti si regalano buoni su Amazon. Cosa ti regalo? Una email con dei soldi da spendere. Tanti auguri e vaffanculo. E i bambini, poveri innocenti, credono che sia quella la normalità. Un genitore in America, uno in Svezia e Babbo Natale che diventa una pagina su Internet, su Amazon a comprare i regali, invece che scrivere e credere a Babbo Natale almeno fino ai dieci anni. Babbo Natale che sfreccia nei cieli, quella era magia, meraviglia, fantasia."

"Guardi io non ho figli ma credo sia la vita moderna così ormai..."

"Vita moderna un corno! Se tu conduci una vita di merda dietro a riunioni di lavoro, ansie inutili, seghe mentali e ore buttate su Facebook, perché devi preparare questa merda per tuo figlio? La tua vita fa schifo, lo sai, e allora pensi bene che tuo figlio già da piccolo debba capirlo e farne parte e ripeterla, in microdosi ma meglio che si abitui? Se hai tuo figlio davanti a un tablet a cinque anni allora è normale che io Babbo Natale stia piegato dietro a una lavatrice! Tuo figlio non ne ha bisogno, bello schifo! Tuo figlio non ha bisogno di magia ma deve solo premere il tasto PLAY."

Il caffè è pronto, e lui continua.

"Sa cosa ho fatto la settimana scorsa? Ero in una casa, a riparare una lavastoviglie. Avevo quasi finito quando vedo questo uomo sulla quarantina con un bambino di quattro-cinque anni seduto sulle ginocchia. Guardavano insieme lo schermo di un laptop e scorrevano vari giocattoli. Il padre chiedeva al figlio cosa volesse chiedere a Babbo Natale, facendo scorrere su e giù i regali, ordinati per prezzo. Ogni tanto lui cambiava pure velocemente tab per scrivere due stronzate su Facebook, a una collega figa che tanto non se lo filava manco di striscio. Insomma sto bambino aveva una lista di foto di giocattoli, di due centimetri per due, elencati per prezzo e il padre che andava su e giù sperando di andare su e giù con una collega tramite Facebook, sull'altra finestra. La madre era al lavoro intanto. Non ho resistito, ho preso il bambino dalle braccia del padre e l'ho fatto salire in piedi sul tavolo della cucina. Il bambino ha riso e il padre ha esclamato un teatrale e ridicolo "ma cosa fa?!". Ma cosa faccio? Gli ho detto io cosa faccio e gli ho tirato un cazzotto sul muso, facendolo volare in una polvere di stelle bianche e blu. E poi ho detto al bambino "tuo padre è un coglione, e io sono Babbo Natale." e gli ho fatto comparire una corona da re in testa. Al padre invece ho fatto passare la voglia di chiamare la polizia facendo partire in automatico lavatrice, lavastoviglie, phon e caldaia."

Lo vedo sollevare la tazzina del caffè e ora ho paura che non gli piaccia.

"Buono 'sto caffè, voi italiani lo sapete fare, non è un luogo comune. Certi caffè che invece mi sono dovuto bere in Finlandia, uno schifo."

"Ma quindi ora lei cosa fa? Perché aggiusta lavatrici? Non ha proprio più un lavoro?"

"Un po' di lavoro ci sarebbe ancora ma ho perso la voglia. Non ho più ispirazione. Mio figlio studia ingegneria idraulica all'Università di Oslo. Mi ha spiegato un po' di cose su come funzionano tubi e corrente elettrica e ho iniziato a lavorare come tecnico. Mi tengono stretto perché sono sempre puntuale, poi da quando mi sono accorciato la barba dicono pure che non sembro più un barbone e quindi mi presento meglio a casa dei clienti."

"E nessuno l'ha riconosciuto?"

"Qualcuno pensa sia uno scherzo quando nota qualcosa di strano. Ogni tanto capita di incontrare qualche anziano signore che assomigli a Babbo Natale, no? Io per loro sarei semplicemente uno di quelli. Non mi interessa essere riconosciuto, non voglio fare selfie. Io volevo portare regali e un pochetto di felicità alla gente."

"Ma scusi quindi tutta la storia del Natale consumistico? Che a Natale non bisogna pensare solo ai regali ma a volersi bene? Che Gesù è nato per noi, per salvarci, eccetera eccetera?"

Lui mi guarda, serio. Gli chiedo se avessi detto di nuovo qualcosa di sbagliato. Dice di no, e si mette una mano in tasca. Ne tira fuori qualcosa e me la lancia. La prendo al volo e mi si ingigantisce tra le mani: è una maglietta del mio colore preferito con un disegno tutto psichedelico al centro.

"Buon Natale. Questo è il mio regalo di Natale per lei, spero le piaccia. Ora... me lo chiama consumismo questo? Mi sembra di vederla felice, la taglia è sicuramente giusta poi."

Lo guardo divertito e sorridente. Effettivamente sono contento del regalo e non ci vedo nulla di male. Non so che fare ora.

"Su forza, se la metta. Mi faccia vedere se le è piaciuta davvero."

Mi tolgo il di sopra della tuta e m'infilo la maglietta. Mi guardo nel riflesso della finestra e mi sta benissimo.

"Visto? Sono venuto a casa sua, mi sono preso un caffè con lei e le ho regalato una maglietta. Non le ho scritto gli auguri via e-mail e non le ho fatto un buono di 100 euro. Mi dica quale delle due cose le sembra più bella."

"Lo so, lo so. Ma la gente è sempre così impegnata..."

"Beh, che si disimpegnino, porca miseria. Gente che non rende felice altra gente perché è impegnata. Che stronzata è mai questa? Impegnata a fare cosa? Al lavoro? Che altrimenti chi paga questo e quello? Che prendano meno di questo e quello e parlino di più, tra loro. Risparmierebbero automaticamente e avrebbe più tempo per loro, tutti, insieme. Sento dire di gente che da quando è morto il nonno allora non se la sentono più di festeggiare. Che scusa di merda, il nonno morto. È che non sanno più festeggiare, si sono dimenticati come farsi una risata tutti insieme invece che davanti a un monitor. Mortacci del nonno morto, quello sta bene, tutto putrefatto, e mica poteva campare cent'anni."

"Guardi io non ci credo ancora che ho Babbo Natale, in casa. Cioè ci credo ma mi sembra impossibile."

"Immagino, immagino."

"Ma ora quindi? Cosa farà? Sempre ad aggiustare lavatrici?"

"No guardi, dopo di lei vado a casa che sono stanco. Mi metto un po' di musica e mi faccio la doccia."

La curiosità era lì pronta a esplodere...

"E che musica ascolta?"

"Mi piace il rock progressivo anni Settanta. Mi suona classico, quasi quanto Beethoven e Bach. Mi piacciono le cose imponenti, belle, serie. Ma non troppo sul serio. Mi piacciono pure le canzoni più leggere."

"Pensavo ascoltasse canzoni natalizie..." gli dico, sorridendo.

"Quali? Le compilation che si ascoltano nei centri commerciali? Quelle che fanno il Natale brutto che sembra una pubblicità? No, però per esempio la conosce "I believe in Father Christmas"?"

"Sì, la conosco."

"Ecco quella è una bella canzone di Natale. Gliela suggerii io a Greg Lake in sogno, lui non lo sapeva, non mi conosceva, però. La ascolti a Natale, si faccia prendere dalla sua atmosfera, ci sono pure le campanelle e i tamburi dell'orchestra, sembra di vedermi volare nel cielo tra le nuvole. Le renne ce le ho ancora, magari un giorno le riprendo. E lei magari alzi il volume, così io sento e mi viene voglia di salire sulla slitta. Mi manca la mia slitta, però non l'ho venduta, ce l'ho in garage a casa."

Dopo cinque minuti è già sulla porta di casa. Mi saluta e mi mette in mano un pezzo di carta col nome di tre miei amici che non vedo di persona da tempo.

Poi chiama l'ascensore ed entrandoci la tuta blu gli diventa il suo abito rosso e la barba gli cresce di botto, tutta gonfia e soffice alla vista. L'ennesima magia per togliermi ogni dubbio.

A Natale a cena con

Fa caldissimo oggi alle Seychelles.

Arriva il cameriere. Davvero, fa un caldo pazzesco oggi alle Seychelles. Tony l'Americano sorride esageratamente all'ometto mezzo allegro e mezzo schiavo, prendendogli il bicchiere di pina colada tequila bum bum direttamente dal vassoio.

"Mille grazie, Jeremy!"

Ma il cameriere non si chiama Jeremy.

Il tempo è splendido, le onde saranno andate in vacanza anche loro, il mare è liscio come l'olio. Tony è l'americano in questa storia, e si sta godendo quello scintillante cocktail, spaparanzato sulla sdraio, in bermuda rosso fuoco, e tutto pagato dalla True Electra Corporations. Viaggio premio autopremiato, se l'è dato da solo, decidendo che il premio andava a chi avrebbe ottenuto più contratti di quella determinata categoria a risparmio energetico, dove solo lui primeggiava e soprattutto trafficava. Quindi due settimane alle Seychelles, senza dover fare nulla, tranne che sorridere e grattarsi le palle, all'ispirato caldo sole oceanico. Pronti al colpo di scena?

Pronti, siamo tutti pronti.

La sabbia inizia leggermente a tremare. C'è come un risucchio, e Jeremy il cameriere scappa via, mentre stava portando una ciotola di arachidi a Tony l'Americano.

Questi, vedendo il camerierino darsela a gambe, gira un attimo la sua testa americana e vede questo buco che si sta creando. La sua reazione è un colpo di reni, cocktail che vola e lui in piedi sulla sdraio, pronto a cagarsi sotto.

Il risucchio diventa una buca larga circa un metro e mezzo, da cui iniziano a uscire lampi di luce, sbuffi di polvere rossa e spuntano le sommità di quel che sembrano fiamme che fanno anche un bell'effetto, lì colpite dalla luce del sole delle Seychelles.

Tony è immobile, in piedi sulla sdraio, la fronte imperlata di sudore, anche perché la buca a pochi metri da lui emana un calore straordinario. Sono secondi in cui non succede nulla, solo le fiamme aumentano di altezza, ma sappiamo benissimo che è Tony quello che vogliono, là sotto nella buca. Lui, i suoi bermuda, la pelle arrossata dall'O sole mio delle Seychelles.

"No, non è per me." nonostante ciò lui pensa.

Uno scheletro si affaccia dalla buca. Bianco bianco, correttamente solo ossa, romanticamente abbrustolito per il fuoco, come un poco tostato. Esce a mezzo busto, sorride come solo un essere con il teschio al posto della faccia sa facilmente fare, un bel sorriso piacione.

"Tony, ti stiamo aspettando, la cena di Natale, maledetto bastardo!"

"No aspetta, no. Sono molto in ritardo?"

"Maledetto! Sì!"

Lo scheletro, senza smettere di sorridere, allunga un braccio e, tramite una sorta d'intrinseco meccanismo, l'avambraccio inizia ad allungarsi come un bastone per i selfie. Si allunga di uno due tre, almeno venti volte fino ad acchiappare Tony l'Americano per le palle, una presa piuttosto decisa e dolorosa, considerando la mano tutta ossa e niente polpastrelli.

"Vieni giù!"

Il mancato vacanziero americano scende piano piano dalla sdraio e, gentilmente trainato per i testicoli, s'avvicina alla buca mentre l'avambraccio dello scheletro man mano si ritrae.

"Vatti a cambiare." gli sorride lo scheletro, appena Tony raggiunge l'orlo della buca, sudato come un maiale.

(Fine prima parte)

(Pubblicità di dentifrici, agenzie viaggi, assorbenti)

(Seconda parte)

La tavola è apparecchiata. Cinque posti. Tavolo pentagonale. Sala da pranzo a tinte blu e nere, mobili classicissimi e impolverati, tende nere e dorate. La tovaglia è rossa con decorazioni natalizie. Le candele sono state accese da poco.

Tony l'Americano è da solo al suo posto. Vestito per le grandi occasioni: frac, cravattino e tutto il resto. Capelli ingelatinati, sguardo alla marito di Elisabetta Canalis. Si versa un bicchiere di rosso, lo annusa e, previo sguardo casual d'approvazione da attore consumato, ne butta giù un sorso. Gli arriva un messaggio sul cellulare. È Giacomo Mazzilli, uno dei suoi fornitori, gli chiede quanti cocktail si fosse già scolato alle Seychelles. Tony lo manda al diavolo.

Dall'uscio che affaccia sul corridoio si ode una porta metallica chiudersi, quella dell'ascensore. Un attimo dopo al tavolo si accomoda un uomo sulla trentina, biondino, magro. Appoggia alla gamba del tavolo vicino a sé due ruote di bicicletta.

"Sempre la solita paura che te le freghino, eh?" lo apostrofa Tony.

Il biondino fa di sì con la testa, un po' stizzito e un po' anche orgoglioso del suo tenace istinto di prevenzione.

"Il coniglio non c'è? Non l'hanno chiamato?" è di nuovo Tony a parlare e il biondino a non rispondere, anche di giovedì.

"Ti ho fatto una domanda, è Natale, nessuno ti ruba le ruote della bici. Non sto cercando di distrarti per fregartele. Mi puoi rispondere?"

Il biondino afferra saldamente con una mano le ruote ed esala un cauto... "Non lo so."

Dall'altra porta, quella che conduce alla cucina, entra lo scheletro, sempre nudo, solo ossa, nemmeno un fiocchetto sulle parti intime.

"Stiamo aspettando il Coniglio Lunare, ha chiamato proprio ora, ha detto che è in ritardo ma arriva, e ha chiesto gentilmente di aspettarlo."

"E il quinto posto? Chi ci va?", e questa volta è il biondino delle ruote della bici a parlare, chiaramente temendo l'invito porto a qualche malintenzionato.

"È per Martin Lutero." e il biondino sgrana gli occhi a quella risposta dello scheletro.

Tony l'Americano, anche se non si trova in uno dei suoi appartamenti, fa un po' gli onori di casa, accende le candele in tavola, versa il vino nei cinque bicchieri e cerca d'iniziare un po' di conversazione.

"Con che cucina festeggiamo il Natale quest'anno? Chi ha cucinato?"

"Quest'anno è anno polacco, cucina della tradizione polacca. Ha cucinato Pavel, dritto dritto dal girone degli assassini."

"È un bravo cuoco?"

"Era cuoco a Varsavia, mi fido di lui. La testa del socio gliela fece saltare via con un coltello da cucina, di quelli per la carne dura."

"Bello, e che si mangia? Carne umana?" e con questa sua stessa battuta Tony l'Americano scoppia a ridere ma niente, ride solo lui. Lo scheletro non ha mai avuto senso dell'umorismo e il biondino delle ruote della bici non sente la necessità di rallegrarsi.

"Ho sentito l'ascensore, sta arrivando il Coniglio Lunare."

È grosso, alto. Due metri forse, è un coniglio gigantesco, tutto bianco di pelo con delle zampe enormi e una faccia simpatica. Entra, saluta tutti con una voce fortissima e squillante, e butta le sue chiappone sulla sedia, il posto tra Tony l'Americano e lo scheletro.

"Certo che sulla Luna, con questa storia della gravità più debole, stai diventando un ciccione. Ma non puoi mangiare di meno?" ancora Tony l'Americano, ovviamente.

"Non mangio di più, assimilo solo di più."

"Ma perché abbiamo invitato Martin Lutero? Qualcuno lo conosce?", coraggiosamente il biondino si fa avanti.

"È stato invitato perché è stato scelto... sai quella storia, quel tale col cilindro." lo scheletro spiega ai presenti.

"... e quindi hanno scelto Martin Lutero? Il riformatore?" sempre dal biondino.

"Sì, ma pare che qualcuno avesse capito Martin Luther King. È stata una votazione un po' ignorante, ma tanto a noi serviva solo riempire la sedia per dividere le spese e una faccia nuova per il bingo dopo."

"Quando arriva quindi questo Lutero?" - Tony.

"Mica facile, sta prendendo una porta temporale, la prima l'ha sbagliata, è finito troppo lungo nel futuro e si è ritrovato a Sydney durante l'arrivo dei giapponesi su Meganet, ma è inciampato in un sensore umano e ha perso conoscenza. Forse ora è sulla strada giusta, ma ha avvisato che potrebbe fare un paio di secoli di ritardo." sempre dall'informatissimo scheletro tutto nudo e piacione.

"Tanto qui nessuno ha fretta."

"Esatto."

"Sicuri?"

"A me non dispiacerebbe tornare sulla spiaggia."

"Tony, è Natale, stai in famiglia."

"Non ricordo di..." Ma Tony, che probabilmente voleva ricordare di non aver alcun legame di sangue con lo scheletro e tutti gli altri, viene interrotto dal campanello alla porta.

"Vado ad aprire, sarà Martin." Lo scheletro, scricchiolando amabilmente, scompare nel corridoio per poi riapparire dopo pochi secondi.

"Signori, morti miei cari, fragole e carne alla brace, date il benvenuto al nostro invitato da davvero tanto lontano, un caro amico mai incontrato prima, Martin Lutero."

Il biondino, il Coniglio Lunare e Tony l'Americano si sprecano in un esagitato applauso, che pare siano in trenta e non in tre. Martin Lutero entra, pacioso e sorridente, vestendo una giacca argentata di paillette sopra una maglietta nera dei Misfits. Saluta tutti, uno per uno, facendo il giro attorno al tavolo. Il suo arrivo ha come dato una spinta all'atmosfera di festa. Siede alla destra dello scheletro, tra lui e il biondino delle ruote della bicicletta.

"Amici tutti scusatemi, solo una leggera urgenza, ho viaggiato tanto, posso farmi una doccia? Una rinfrescata?"

Ma tu ci credi a Babbo Natale?

"Non c'è tempo per la doccia! È pronto!". La voce inaspettata e tonante è quella di Pavel il cuoco, entrato trionfalmente con tre vassoi di tartine polacche. Nell'improvviso chiassoso entusiasmo dei presenti per l'arrivo degli antipasti, il telefono squilla e lo scheletro s'alza e va a rispondere.

"Tony, è per te. Tale Giacomo Mazzilli, vuole sapere che fine hai fatto."

"Digli che sono a cena da amici, la cena di Natale, lo chiamo dopo le feste."

"Signor Mazzilli, Tony non ha tempo per lei ora. No, non sta bevendo cocktail, ma vino rosso, di quelli buoni. Buon Natale."

Pavel aveva aggiunto altri vassoi alla tavola al quale sedevano ora Tony l'Americano, lo scheletro, il biondino con la paura che gli rubassero le ruote della bici, il Coniglio Lunare e Martin Lutero. La cena era ufficialmente iniziata, le candele accese, un disco dei Pogues messosi a girare da solo sul giradischi azionato a polvere di stelle.

Ma quindi cosa era quella cena di Natale? Di cosa si trattava esattamente? Sarebbe mai successo qualcosa dopo? Nulla, probabilmente nulla, non lo sappiamo. Questa storia finisce qui. È Natale. Come tutti, anche come quei cinque mezzi morti, mezzi spiriti spadellati all'improvviso dove non potevano prevedere, anche loro avevano diritto a un Natale in famiglia, e non c'è rovescio della medaglia se la famiglia è nuova, sconosciuta. Attorno a un tavolo con le candele accese ogni storia può essere interessante, ogni gentilezza gradita, ogni focolare riesce a scaldare. A Natale si è tutti più buoni, vero, e mica solo per pulirsi la coscienza ma anche per iniziare l'anno e sperare che duri per trecentosessantacinque giorni. Chi poi è un miserabile pure a Natale, poche speranze lui stesso avrà di passare un bell'anno fino al Natale prossimo, lo diceva pure San Giorgio ai tempi dell'Inquisizione. Lì sotto, Tony l'Americano ora non faceva altro che raccontare barzellette sconce, con il Coniglio Lunare che rideva di gusto, facendo tremare tutto il tavolo a contatto col panzone. Il biondino aveva leggermente lasciato la presa alle ruote della bici, anche perché gli servivano le mani per mangiare. Lo scheletro ci dava dentro di vino e brindisi alla salute dei presenti, agli ignoti assenti, ai magrissimi, ai ciccioni, agli impiccati e ai miracolati, tutte sue parole d'onore. Poi gli piaceva fare il pettegolo, conosceva certe losche persone, ancora vive... lui le andava a confessare in sogno, per lavoro, sarebbe così bello poterne sapere di più. Prima della frutta secca, Martin Lutero aveva imbracciato la chitarra e suonato per i presenti "Tu scendi dalle stelle", non prima di aver spiegato, da prete quale era, che quel canto terzinato era un gioiellino nella melodia e nella veggenza del testo, per come dipanava l'amore della nascita di Gesù, che in qualche modo ci aveva poi provato (a salvare il mondo).

Dopo cena, questa rinnovata sagrada familia, portandosi insieme Pavel il cuoco, andranno giù con l'ascensore al meno duecento, per il bingo edizione natalizia. Per quest'anno era trapelata la voce che gli organizzatori avevano

Ma tu ci credi a Babbo Natale?

messo in premio l'imitazione dello scalpo di Jimi Hendrix, il presunto naso di Dante Alighieri e la vera macchina di Alan Turing. Questa però sarà un'altra storia, non posso dirvi tutto proprio ora, devo accogliere i miei ospiti.

Nelle mani delle fate

C'era una volta, molti secoli fa...

"Ohi Arturo, adagio sull'acqua! Tempo ne abbiamo ancora insù alla collina e poi fino giù al bosco!"

Lo stallone, ormai vecchio e malandato, non aveva alcuna intenzione di controllare il passo, non era più nelle sue corde da molti anni.

"Adagio Arturo, che non sei più il cavallo del tuo migliore tempo! Rispetta le tue forze! Andiamo... oh!"

Il cavallo non lo ascoltava, non l'aveva mai ascoltato. I cavalli non capiscono le lingue.

Brandàno, però, lui sì lassù in groppa ad Arturo, lui sì che si ascoltava, eccome! Ma erano secoli, secoli molto bui per lui, che parlava da solo.

Brandàno Santo era un cavaliere di quelli delle fiabe, di quelle fiabe mai scritte però e per fortuna! Cavalieri più inconcludenti di lui non ne se sono mai visti molti, dai

Ma tu ci credi a Babbo Natale?

fiordi alla Sicilia, lì per tutta l'Europa.

Egli però viveva di luce propria. Un po' come una lampadina ancora attaccata a un lume, si auto narrava le sue gesta, pure senza sapere cosa fosse una lampadina e tanto meno un lume, visto che quel 24 dicembre era il 24 dicembre del 1377 e la corrente elettrica tardava ad arrivare di almeno quattrocento anni.

"Ohi Caballero! Donde vai tu sul quel cavallo stanco e vecchio?"

Brandàno non ebbe tempo, in quel momento, di fermarsi in Spagna. Lui e Arturo puntavano a Gibilterra.

~~~~~~*~~~*~~~*

Tra l'Utah e l'Arizona, nella Monument Valley, molti secoli prima che qualcuno la chiamasse così, Freccia Grigia guardava il Sole nascere, avvolto in una pelle di leone delle montagne. Luna e Sole erano stati sinceri con lui, e la morte di Uomo che Dorme non era qualcosa di cui avrebbe dovuto più preoccuparsene. Il Sole, quello astronomico, stava sorgendo ma il freddo non lasciava ancora la valle. Lui non avrebbe accettato nessuna pessima premonizione. Gli avi si sbagliavano e gli incubi dei suoi figli dicevano falsità. Il calendario Navajo, era il mese dei Grandi Venti.

~~~~~~ *~~~*~~~*

Quando mai finirà questa guerra? Francesi, Inglesi...

cosa può interessare a noi?

Guy Portis ne aveva abbastanza. Un altro saccheggio, nessuna notizia dei suoi due figli partiti da quasi otto mesi nei ranghi della cavalleria inglese, a difesa degli avamposti lì giù poco oltre le coste francesi.

Sporchi Francesi, bastardi Inglesi, non si possono fermare per Natale, almeno? Cenare con qualcosa di buono nei campi, cosicché noi genitori possiamo immaginare che tutto sia tranquillo almeno per quel giorno? Devono mangiare ugualmente no? Annus Domini 1377, ti maledico, come ogni anno da quando sono nato.

Guy richiuse la porta della piccola casa a Ramsgate, sulla costa sud dell'isola di quel novellino di Riccardo II, salito al trono sei mesi prima. Sua moglie mescolava patate in un pentolone sul fuoco.

* ~ ~ ~ * ~ ~ ~ * ~ ~ ~ * ~ ~ ~ *

In un mondo fatato dove nessuno muore e nessuno nasce mai, una sbiriluccicante fata delle Feniche discendeva giù dalla collina nord del Grande Albero di Natale. Il ciclo del Sole non aveva fine e Adeste Fideles non sapeva quando ebbe mai avuto inizio. Rideva divertita con le altre fate delle Feniche, sia quando si riunivano al calare della notte sia quando si salutavano al sorgere del Sole, parlando di quello che vedevano solo loro, le genti della Terra, e di come decidevano come far loro vivere. Adeste adorava giocare con i giorni, le settimane e gli anni, era stata lei a inventarli e tutte le altre fate la consideravano una delle più belle invenzioni del loro gruppo di Luce. Le genti della Terra, siccome loro sì che avevano qualche problema con lo scorrere del tempo, dovevano pur poterlo annotare. Il 1377 era il numero di quell'anno, di quel giro del Sole, in quella zona chiamata Europa. Il 756 era più a Est, dove Adeste aveva inciso con l'unghia la parola Persia. E poi, mentre ancora roteava nelle sue mani la piccola sfera chiamata Terra, lì dietro quel giocattolino c'era una altra macchia sporgente a cui non aveva ancora dato un nome. Lì tante tribù la pensavano in maniera diversa su quale anno fosse, e nessuna delle fate delle Feniche aveva intenzione di andare al sodo. Adeste Fideles avrebbe trovato una soluzione da sola, dopo che la sua compagna di volo Nevica avrebbe finito di raccontare la sua storia di Natale, pensata come un regalo magico per gli adorabili minuscoli omini ancorati al giocattolino di Adeste. Qualcuno lì dietro di lei fece uno starnuto e la Guerra dei Cent'anni riprese in un attimo.

* ~ ~ ~ * ~ ~ ~ * ~ ~ ~ * ~ ~ ~ *

"Arturo, oh mio puledro Arturo, nemmeno più apri le ali magiche? Dobbiamo volare a Gibilterra, non possiam perdere tempo qui in Spagna."

Arturo il Cavallo ovviamente non capiva una sola parola ma quel visionario di Brandàno Santo continuava.

"I Nasridi ci aspettano, vogliono parlarci, hanno segreti

da infilarci su per le orecchie, e spero non spade da infilarci su per le natiche!"

Brandàno rideva, Arturo nitriva. Forse stavolta aveva capito?

I Nasridi erano un popolo non da poco, e avevano Gibilterra per le mani, in quegli anni.

~ ~ ~~ ~ ~*~ ~ ~*~ ~ ~*

Adeste Fideles aveva riempito le case di quei minuscoli omini giocattolini con degli alberelli tutti colorati, come il loro, quello delle Feniche. Cantandoci una semplice melodia su, spolverava di speranza e gratitudine i cuori di migliaia e migliaia di persone tanto complesse quanto infinitamente piccole.

Le sue amiche intanto imbandivano la tavola e preparavano il pranzo. Quando la chiamarono per unirsi a loro, Adeste disse che si sarebbe trattenuta un altro anno a giocare.

~ ~ ~~ ~ ~*~ ~ ~*~ ~ ~*

"Arturo Arturo, che gran cavallo che sei. Quale fortuna ho io a tener te sotto il mio culo!"

Arturo, disperato per i fatti suoi, continuava a trottare, portando Brandàno Santo e il suo culone sempre più a sud, sempre più verso Gibilterra.

"I Nasridi certamente saranno felici di vederci e trove-

Ma tu ci credi a Babbo Natale?

remo pure un tempo così mite e piacevole!"

Brandàno portava con sé un grosso sacco e altre due grosse borse ballonzolavano ai fianchi di Arturo il cavallo. Pieni di grossi pani alla frutta candita, dal Natale 1377, i Nasridi, originari del Nord Africa, vi avrebbero aggiunto uva sultanina.

~~~~~~*~~~*~~~*

Le fate delle Feniche ridevano di quella ricetta, Adeste Fideles cantandoci su, divertita, un poco dava loro ragione.

Non è mai troppo tardi

In uno speciale e strampalato momento di inquietudine spaziotemporale, il caro John, non lontano dalla sua modesta ma accogliente casetta nelle vicinanze di Brixton, beh sì, insomma lui quella sera aveva fatto uno strappo alla regola e se ne stava tornando in taxi.

Il tassametro correva, il tassista un po' meno, ma John non se la sentiva più di tanto e non voleva tradire insicurezza. Insomma non voleva controllare quanti soldi avesse in tasca, e fare la figura del disperato che solo dopo che è salito sul taxi è colto da sensi di colpa. Lui, quel servizio, se lo voleva gustare con fierezza. Era dicembre e fuori faceva freddo. La gente, all'una di notte, attendeva autobus notturni. Poveri stronzi! Ma io sto in taxi, pensava. Poi l'aveva pure detto - "Io sto in taxi" - e il tassista l'aveva guardato dal retrovisore, consapevole che stava riportando a casa l'ennesimo scoppiato, e non era nemmeno venerdì. Il caro John prese coraggio e chiese al tassista di accostare al primo bancomat, o ATM, come lo chiamano in Gran Bretagna. Disse che forse aveva bisogno di più contanti. Niente di strano per il tassista, richieste frequenti. Ma John si sentiva come un topo, come una persona senza vergogna, quando invece ne avrebbe dovuta avvertire tanta, che in realtà avvertiva, infatti. Insomma John aveva già deciso che la prossima volta avrebbe atteso l'autobus notturno, insieme agli stronzi.

Venti secondi dopo il taxi nero accostava e John scendeva inciampando. Fantozzianamente come nessun altro in quel brutto scorcio londinese, eccolo John che si mette in coda al bancomat, davanti a lui solo due persone. Si mette in coda e pensa al tassametro che festeggia, dentro il taxi. Davanti a lui una folta e fluente chioma rossa. Ancora più avanti, all'opera al momento, un vecchio o qualcosa del genere, che quanto diavolo stava ritirando? Una pensione d'invalidità al novanta percento? Per un nanosecondo John sperò, senza alcuna ragione valida, che il tassista, ormai stufo, se ne fosse andato. Si girò pure per controllare, sognando quell'eventualità. Il tassista era lì, che gli faceva pure un gesto con la mano che voleva essere amichevole ma che John recepì come un "Pollo, che credevi? Che me ne fossi andato?". Girandosi John guardò la testa mezzatonda di chi gli stava dietro nella fila, un cinesino sulla quarantina, brutto come non mai. Rigirandosi ancora, ritrovò i rassicuranti capelli rossi della ragazza davanti a lui. Dietro, il bruttissimo cinese. Un po' più in là, ancora ad armeggiare con il bancomat, il vecchio di prima, sempre lì, che si era forse addormentato? John sospirò, saranno scattate almeno un altro paio di sterline, pensava immaginando il tassametro. Ma cosa poteva fare? Nulla. Non poteva certo tornare nel taxi, magari chiedere di trovare un altro bancomat. Cioè, sì, poteva pure farlo ma sarebbe stato stupido, o quantomeno sarebbe sembrato stupido. Mentre la sua mente partiva per la tangente, osservando la bella forma della testa rossa davanti a lui, fu spaventato da un forte scoppio, come del motore di una motocicletta. Si voltò e dal cofano del "suo" taxi iniziava a uscire del denso fumo bianco. Sgranò gli occhi, quello sì che era un imprevisto! Il tassista uscì dall'abitacolo e, dopo aver dato un cazzotto di stizza sul cofano, lo aprì e ovviamente fu travolto da ben più fumo che pareva stesse dentro una nuvola a diecimila metri di altitudine. Poi, impossibile da capire come, l'uomo prese un secchio d'acqua e lo versò copiosamente nel vano motore. Da dove fosse uscito quel secchio pieno d'acqua, non lo sapremo mai. Fatto sta che il fumo quasi cessò (ma non sarebbe dovuto aumentare?) e il tassista, con andatura piuttosto incazzata, si rimise al volante, senza aver chiuso il cofano. Tutto questo, in una manciata di secondi. John guardò tutta la scena e il livello di stupore della sua espressione raggiunse lo zenit quando il padrone del taxi mise in moto e partì via. Col cofano aperto. E lui John lasciato lì, a piedi. Vide andare via il taxi con il cofano aperto, con la sua corsa lasciata a metà e non pagata. Immediatamente pensò che quel tassista avesse perso il lume della ragione, che qualcuno avrebbe dovuto chiamare la polizia per segnalare un taxi che andava in giro, all'una di notte, con il cofano spalancato. Spontaneamente si voltò verso gli altri due lì in coda davanti a lui e vide che il bruttissimo cinese gli aveva fregato il posto! E lo guardava super sorridente! Accennò uno strozzato "ehi ma..." che però non mutò di un solo millimetrico dettaglio tutta quella surreale scena che gli si era creata nel giro di un minuto, tutt'attorno a sé. Chiuse gli occhi. Pensò "deve essere un sogno". Li riaprì, il cinesino era ancora lì che grottescamente gli sorrideva a mezzo metro da lui. Richiuse gli occhi, ancora. Li strizzò forte, davvero nella speranza di svegliarsi da un sogno. Li riaprì. Non era possibile. Ora tutte e tre le persone lì davanti in fila erano girate verso di lui e gli sorridevano divertite, quasi ridacchiando. Tutti e tre: il vecchio, la ragazza dai capelli rossi e il bruttissimo cinese. Ridevano ora! John avrebbe voluto scomparire, cosa diavolo stava succedendo?

"Non preoccuparti John, stai tranquillo!" era il vecchio che parlava. Come sapeva il suo nome?

John si portò una mano alla faccia, credeva di stare male. O forse era uno scherzo? Una candid camera?

"Non è una candid camera, John. Niente TV." era sempre il vecchio che parlava.

Il caro John si diede uno schiaffo fortissimo, per svegliarsi. Non ci riusciva, quindi quello che stava accadendo doveva essere reale.

"Siamo i fantasmi del Natale Passato, Presente e Futuro" disse il vecchio. "Non avere paura."

Paura? Lui aveva semplicemente bisogno di una sedia o di un taxi vero. O di una macchina della polizia. Chi erano quei tre fuori di testa? Come sapevano il suo nome? Ma sorprendentemente John rispose "I fantasmi non esistono! Che cosa volete da me? Soldi?"

La ragazza dai capelli rossi lo guardò teneramente. "I fantasmi esistono. Guarda." e i suoi lunghi capelli rossi vennero mossi da una forte folata di vento che magicamente colpì solo lei. "Guarda ancora!" e John non riusciva a guardarla invece. Il suo volto era come uno specchio, non poteva guardarla, più la guardava più il volto sembrava come scomparire dietro un riflesso di luce.

"Non lo spaventare" disse il vecchio, "non lo vedi che è come uno scoiattolo indifeso ora?"

E poi, rivolgendosi a John: "Siamo fantasmi buoni, non ti vogliamo fare del male. La conosci la favola di Dickens, no? Quella dei fantasmi dei Natali e di Scrooge, il vecchio avaro?"

"Sì" rispose John, sospettoso.

"Beh, noi siamo loro. O una loro manifestazione. Quel tassista lì però era un tassista vero, chissà che fine avrà fatto ora. Ma parlando di noi... e di te. Lo sai che ti aspetterà un giro un po' strano, ora, vero? Ti dobbiamo mostrare un po' di cose, due cosucce, ma non saremo bravi come quelli di Dickens, quelli erano professionisti, noi siamo alle prime armi. Io sono solo Nikola l'inventore, sono il tuo fantasma del Natale Passato. Ti voglio bene e non ti farò mai del male. Dopotutto è dicembre, non c'è molto da fare in giro, fa freddo ed è notte. Possiamo farle due chiacchiere, no?"

John lo osservò. Era basso, capelli lunghi e bianchi, poteva avere sessant'anni, forse qualche anno di più. Onestamente, sembrava un barbone. Guardandolo ebbe come un senso di smarrimento ma anche di conforto. Come se quel vecchio trasandato gli avesse fatto abbassare le difese. Gli altri due fantasmi, o quel che erano, erano scomparsi, invece. John guardò anche in alto, nel cercarli.

"Faremo un viaggio così breve che infatti non andremo da nessuna parte. Facciamo due chiacchiere. Lo so, non sei un avaro cattivone come Scrooge, non sono qui per parlare del tuo comportamento sociale, per mostrarti come sei diventato orribile con la gente, anche perché tu non lo sei mai stato orribile con la gente, mio caro John. O Tom? No, tu sei John, Tom era l'altra sera. Scusami, sono un po' ubriaco. Ma non sono un barbone! E se lo fossi, oppure? Ti ricordi quando ti emozionavi a leggere quelle storie lì? Di barboni, vagabondi, di personaggi libertini? Erano grandi tempi quelli! Leggevi e sognavi, e poi raccontavi quelle meraviglie ai tuoi amici!"

John non capiva. Ricordava quei libri sì, ma cosa c'era di così importante e perché ora?

"Guarda, ti faccio vedere una cosa" e dicendo così Nikola il vecchio barbone tolse un mattone dal muro lì di fianco al bancomat. Guardò prima lui, come a verificare che tutto funzionasse e poi afferrò la testa di John a due mani e la avvicinò piuttosto bruscamente alla buco rettangolare. John, sul serio, ebbe la sensazione che il suo collo si allungasse dentro quella immagine.

Era una strada lunga, pareva come una di quelle highway americane, dritte dritte che non riesci a vedere dove finiscono, se mai finiscono, se non forse solo in mare. Sbalordito, John girò la testa verso il vecchio per chiedere come fosse possibile una diavoleria del genere. Un buco nel muro che dava sull'America. Per sfortuna di John, il vecchio barbone si era tramutato in un'altra persona. Ma non era forse Jack Kerouac quello lì ora di fianco a lui, su una strada di Londra? "Oddio", pensò John e rigirò la testa nel buco dato dal mattone rimosso, quasi a rifugiarsi dalla nuova visione lì di fianco a lui. Lì dentro al muro si vedevano scene di balli, danze indiavolate, musica sfrenata, pareva un bar della Louisiana o del Tennessee. Un gruppo di giovani scapestrati, capitanati da un tale con una vistosa fasciatura al pollice, non facevano altro che incitare alla baldoria, mentre volava birra, tutti urlavano, e l'eccitazione si mischiava ad altra eccitazione, in quel sudatissimo bar.

"Ma questo è almeno ottant'anni fa!" Ora era John dentro quell'eccitazione, che esclamava guardando nel buco.

"Non è ottant'anni fa, sono pochi anni fa. Guarda, guarda, guarda... guarda ora! Non è una lunga autostrada quella? E quei tralicci della luce che sembrano linee tracciate con la matita, nel cielo? E guarda come guidi quella macchina, è così facile con la strada così dritta! Dovevi arrivare a San Francisco, vero? Per una festa, se non ricordo male. Come va ora con la fantasia? Quella lì che vedi nel buco nel muro è così bella... sono gli anni a venire, no? Il tuo passato!"

John, che quelle scene le aveva sognate da ragazzino mentre leggeva romanzi non consigliati nelle scuole, un po' aveva il magone. Sembravano così reali, proprio come anni prima le immaginava. Nikola, Jack Kerouac o chi fosse quel fantasma ora, riprese la parola.

"So come ti senti. Hai passato metà della tua vita così. Vedere ma non toccare. Sognare ma non agire. Un altissimo vetro di mezzo. Anche io, ti stupirà saperlo, ho vissuto le stesse cose. Poi ho deciso che sarebbe stato meglio romperlo quel vetro. Ma tu hai avuto paura di farti male, vero? Ma non hai mai provato a immaginarti vecchio, quasi morto e pieno di rimpianti?"

Che libro era? John stava ascoltando quelle parole quando il buco del muro tornò a essere occupato da un mattone. Sbatté rapidamente le palpebre, si voltò alla sua destra per cercare Nikola il vecchio barbone, ma era scomparso. Nessuna traccia di lui. Sospirò, non capiva ancora molto ma un po' lo sapeva che ora doveva aspettarsi la comparsa del secondo fantasma.

... che non si fece attendere.

"Ciao, io sono il fantasma del Natale Presente. Non puoi realmente vedermi, non puoi ricordarti di me. Prova di nuovo a guardarmi, dai."

Era la ragazza dai capelli rossi. Era magrolina, una pelle chiarissima e lineamenti da gatto. Occhi che illuminavano la notte, un vestitino che spuntava da sotto il cappotto verde, un vestitino che pareva un arcobaleno. John la guardò, era così bella. E ogni volta che lui la guardava, lei, mutando un po' espressione, rendeva il suo viso come uno specchio dove risplendevano rapidi bagliori di luce. Era incredibile ma, a tutti gli effetti, John non riusciva a guardarla realmente, poteva come solo finire i dettagli con l'immaginazione, nonostante lei fosse lì, fantastica e reale, davanti a lui.

"Ma perché non riesco a guardarti?"

"Non credo che dovrei spiegartelo, ma se vuoi puoi chiamarmi Felicità, ti potrebbe aiutare. Vengo da lontano. Ma sono qui per te ora! Non mi guardare troppo, non cercare di ricordarmi, vivimi ora. Ti ho detto che sono qui per te e domani, stanne certo, non ci sarò!"

Rideva la ragazza, il fantasma del Natale Presente, e con un volto accigliato e divertito ballava intorno a John che, imbambolato, si sentiva muovere dentro nel petto un sentimento di pace e felicità. La ragazza dai capelli rossi riprese la parola.

"Ascolta, ora ti prenderò per mano e ti porterò con me a un concerto, ok? Andiamo."

La ragazza prese John per mano e lo tirò dietro di sé. "Batti le ciglia", disse, e si ritrovarono in una sala da concerto, con musica ad alto volume e una band che suonava.

"Non è questo che vuoi ora?"

Ma tu ci credi a Babbo Natale?

John non sapeva che dire, ma avvertiva che il tutto gli donava gioia.

"Caro il mio John, questi sono i momenti della vita che non devi dimenticare di vivere! Fatti travolgere da queste cose, non negare loro spazio e tempo! Dai occasioni."

"Dai occasioni?"

"Esatto, dai occasioni. Vabbene, guarda."

John era seduto ora a una scrivania in un ufficio, con un computer acceso che sullo schermo gli diceva di aprire il cassetto alla sua destra. Aprendolo, dentro vi ci trovò decine e decine di buste paga, tutte a suo nome. Chiuse il cassetto, si guardò intorno, la gente era in abito da sera, si mangiavano tartine e si parlava d'affari. "Ma dove è andato a finire il concerto? E quella ragazza che mi teneva per mano? Vorrei solo tanto una birra adesso, e voglio tornare a quel concerto! Con lei!"

… Il fantasma del Natale Futuro non si fece attendere. Urlando frasi incomprensibili, il bruttissimo cinese letteralmente distrusse quella scena in cui John vi ci si era trovato, suo malgrado.

"Katzimi!" Disse il cinese, il fantasma del Natale Futuro.

John non sapeva cosa dire o fare, erano in una stanza completamente bianca, senza finestre, né arredo.

Il cinese era lì. Era davvero brutto. Basso, con i capelli radi e buttati di lato. Poteva avere quarant'anni come anche centocinquanta e apparentemente non parlava una parola d'inglese. E guardava John, con un'espressione seria

seria e imperscrutabile.

Gli mostrò un breve filmato, indicandogli un grosso televisore al plasma apparso sulla parete davanti a loro. John era in ospedale, sullo schermo. Sembrava come avesse subito un'operazione, aveva il petto fasciato e lo sguardo stanchissimo di chi doveva aver sopportato un forte dolore fisico. I capelli era quasi tutti bianchi e la pelle invecchiata. Era quasi morto, probabilmente e pareva come non voler aprire gli occhi. Scuoteva la testa, nel filmato, teneva gli occhi chiusi chiusi, non voleva guardare che era quasi tutto finito, ormai.

Un tiro a canestro nel 1977

C'è tanta neve per le strade e sicuramente tanta gente a brindare, mangiare senza sosta, scaldarsi davanti al caminetto. È Natale, è il 25 dicembre del 1977.

E io devo andare a giocare a basket.

Stasera.

OK, sono la seconda guardia tiratrice dei Los Angeles Lakers. È il mio lavoro, sono un giocatore NBA, vengo pagato bene per palleggiare e infilare una grossa palla di gomma in un cerchio messo in alto, a tre metri e cinque centimetri. Adoro il mio lavoro, mi diverte e mi riempie le tasche di dollari. Però è 25 dicembre, mi sarebbe piaciuto essere a casa con la mia famiglia, a Indianapolis, ma invece sono qui, a Seattle, nell'angolo in alto a sinistra degli Stati Uniti. Stasera giochiamo pure in trasferta. Ma anche se avessimo giocato in casa a Los Angeles, la mia famiglia è comunque tutta lì a Indianapolis, quindi saremmo stati lontani ugualmente.

Ma tu ci credi a Babbo Natale?

Sono nel pullman con gli altri ragazzi, stasera non so di preciso se sarà un match facile o difficile, ogni partita fa storia a sé. Il 1977-78 pare un campionato di quelli tosti, Julius Erving non si sta comportando alla grande quindi sta lasciando qualche chance pure alle altre squadre. Io mi impegno, è il mio lavoro, devo fare dieci punti di media a partita altrimenti mi sembra di rubarlo lo stipendio.

È primo pomeriggio, arriviamo al palazzetto. Ci cambiamo, facciamo riscaldamento, gli spalti si riempiono, noi continuiamo a fare tiri, stretching e riscaldamento. Annunciano le formazioni titolari, si canta l'inno americano e via. Siamo pronti, palla a due e si parte. Game on.

A metà tempo siamo in vantaggio 40-55. Partita ancora aperta, sì, ma l'abbiamo messa sui binari giusti. Io ho segnato sei punti, recuperato qualche palla, amministrato qualche buona azione.

Sono in panchina quando riprende la partita, dovrei rientrare tra pochi minuti. Quando sono in panchina seguo attentamente la partita e mi tengo pronto per il coach, ma a volte la testa viaggia verso altri lidi. Il mio lato giocatore di pallacanestro è lì pronto e attento alla partita, l'altro mio lato invece, quello non cestistico, pensa a qualsiasi altra cosa, a cosa vorrò fare dopo la doccia, a che film guardare la prossima volta al cinema, ai ricordi di quando ero bambino, a qualcosa che mi ha raccontato un amico il giorno prima.

Ora sta volando a casa dei miei a Indianapolis, penso che non sarò con loro a Natale. Sono ancora giovane, ho 22 anni, non ho una moglie o figli. Ho due fratelli più grandi però che hanno già bambini. Saranno sicuramente tutti insieme per il Natale, a casa dei miei. Io, il giovane zio campione NBA purtroppo non c'è, per lavoro. Non sono nemmeno un campione, in realtà, sono un giocatore qualsiasi. Verrò dimenticato a fine carriera.

Verso la fine del terzo quarto sono in campo, il mio cervello è ora al 100% sulla partita. Ricevo palla sulla sinistra, mi accentro con un breve palleggio che spiazza il mio marcatore, stacco da terra e faccio un bel movimento in sospensione. Il braccio si distende bene e parte una parabola perfetta.

Mentre vola alta, dico alla palla "vai a casa, dai, vai nell'Indiana".

La palla entra, entra nella sua casa, il canestro.

Sorrido per il pensiero che avevo appena avuto, non per il canestro in sé, e torno velocemente in difesa.

Altra azione, molto simile. Stesso movimento, stesso bel canestro. Il mio marcatore inizia a innervosirsi. Quando la palla entra nel canestro penso a mio fratello maggiore. "Questa era per te, Marvin".

Fine terzo quarto. Non manca molto alla fine. È sempre 25 dicembre, stiamo battendo i Seattle Supersonics in uno dei match della programmazione natalizia NBA, per milioni di spettatori seduti davanti al televisore. Seduto in panchina, penso a cosa fare la sera di fine anno. Il coach mi dice di rientrare, ci vuole qualche altro canestro ben piazzato per chiudere la partita. Appena metto piede in campo ricevo palla sulla prima azione e subisco fallo. Vado in lunetta per due tiri liberi. Prima di tirare il primo dei due, penso un veloce "per mamma" e segno. L'arbitro mi ripassa il pallone, fletto leggermente le ginocchia, guardo il canestro. Penso "a Babbo Natale, regalami una macchina del tempo".

Tiro.

Il pallone si ferma a mezz'aria.

"E cosa te ne fai ora di una macchina del tempo? Vai a vedere i Romani?"

Rimango impietrito, sento fisicamente i miei occhi spalancarsi, la schiena irrigidirsi. Il pallone è fermo sospeso, lì a mezz'aria.

Anzi, è tutto fermo. E pure silenzioso.

"Ohhh! Mi hai sentito? Che ci vuoi fare allora con la macchina del tempo?"

Quella voce mi scuote, è alle mie spalle.

È Babbo Natale, con una maglietta degli Atlanta Hawks sopra il suo completo d'ordinanza.

Appena tolgo gli occhi dalla palla, questa cade al suolo.

"Ma... che succede? Sto sognando?"

"La vita è un sogno o i sogni aiutano a vivere? Questo diceva un mio amico... e io sono Babbo Natale."

"Sono senza parole" penso, e lo sussurro pure a bassa voce.

"No, invece devi parlare. Dimmi 'sta storia della macchina del tempo, dai. Sentiamo."

"No, dicevo la macchina del tempo per stare con la mia

famiglia, a Indianapolis."

"E allora che te ne fai della macchina del tempo? Ti serve un volo aereo, semmai. Se poi vuoi rimanere sulla fantascienza, ti serve una macchina spazio-temporale, la manopola del tempo la lasci stare e usi solo la funzione spaziale e ti teletrasporti un po' dove ti pare."

Sono praticamente certo di stare sognando, semplicemente sono lucido nel sogno, l'idea mi rasserena.

"Ma sei davvero Babbo Natale?"

"Mi vuoi controllare il passaporto? La barba non ti basta? Guarda questo allora."

Il vecchio alza le mani al cielo, nel senso del tetto del palazzetto e il tetto si tramuta di un firmamento, tutto stelle luccicanti, con la Via Lattea, l'Orsa Maggiore e il Capricorno. Nuovamente strabuzzo gli occhi.

"Vedi tutti quei puntini rossi? Sono tutti i posti in cui devo ancora portare i regali, esaudire i desideri. Quelli blu invece li ho già fatti."

Mi vede parecchio allibito, sia per lo spettacolo, sia per le migliaia di puntini ancora rossi.

"Io ce l'ho la macchina spazio-temporale, altrimenti stavo fresco. Non è roba di renne qui."

"Ma quindi... sei qui ora... per me? Per la cosa che ho detto su Indianapolis?"

"Nah, sinceramente stavo guardando la partita. Ho sentito che mi hai nominato allora ho pensato di fare una pausetta temporale. Tanto... tempo da perdere non ne abbiamo qui, possiamo pure starci un secolo, tu non invecchi e io non ringiovanisco di certo."

E detto questo fa partire un super peto dal suo culone biancorosso. Ne viene fuori una luce azzurrina.

"Vedi? Il caro Babbo Natale soffre di flatulenze. Ma non puzzano, sono al vischio."

Mi parte una risata, che mi spezza l'espressione ancora inebetita che probabilmente avevo.

"Visto? Ecco, ora sei più rilassato. Senti, io non ti posso mandare a casa, non posso darti tecnologie che non esistono o farci magie attorno. La notizia finirebbe sui giornali e sarebbe un gran casino. Immagina i titoli: "DIO FORSE NON ESISTE. BABBO NATALE SI'. ECCO LE PROVE.""

"Sì sì, chiaro, chiarissimo. Ma io non lo direi a nessuno."

"Ah sì? E alla tua famiglia come glielo spieghi che ora eri in TV e poi sei a casa con loro? E tu saresti in grado di tenere un segreto del genere con tutti i tuoi amici? Non ci credo."

"Davvero!"

"Non ci credo. Perdonami, non prenderla sul personale. Non ci credo."

"Ma quindi... perché sei qui ora? Perché hai fermato la partita?"

"Tu mi hai nominato e volevo spiegarti che non potevo, sono una persona educata!"

"ECCOLO! OGNI ANNO! OGNI ANNO IL SOLITO BABBO NATALE!"

Una voce improvvisa, un uomo sbraita sonoramente dal

silenzio degli spalti. È l'omino dei popcorn, e io rimango nuovamente sbalordito. Come fa a muoversi mentre tutti gli altri sono bloccati? I miei compagni di squadra sono ancora qui in campo immobili, come i nostri avversari e la gente nel palazzetto.

"ALLORA? QUEST'ANNO SEI QUI A DIRE LE SOLITE SCEMENZE COME L'ANNO SCORSO?"

L'omino dei popcorn scende le scale degli spalti, agitando furiosamente le mani, con tutti i popcorn e la coca-cola che gli ballano via dallo scatolone attaccato alla vita. È sulla cinquantina... e a me pare un fantasma. Siccome penso già di trovarmi in un film, in un sogno o forse in entrambi, allora lui mi pare un fantasma. Mi aspetto che gli cadano le braccia da un momento all'altro e che Babbo Natale lo tramuti con lo sguardo in uno scoiattolo.

"NON SONO UNA FANTASMA, DEFICIENTE! SONO L'OMINO DEI POPCORN E HO QUALCHE POTERE PSICHICO PURE IO. TI BASTA??!"

... e proferendo dette parole mi lancia contro un hot-dog.

"Ascolta omino, ma perché ogni Natale che vengo qui a vedermi la partita mi devi rompere le palle? Se ce l'hai con la vita perché te la devi prendere con Babbo Natale? Che vuoi da me? Non ti posso far tornare indietro nel tempo e non ti posso spedire a casa. Vattene in California, pianifica prima, una buona volta. Io non posso aiutarti con queste cose."

Poi, rivolgendosi a me.

Ma tu ci credi a Babbo Natale?

"È un tale di Los Angeles. Un disperato, separato due volte, bancarotta tre, un figlio in Alaska, uno in Grecia. Lui vorrebbe tornare a casa ma non riesce a prendere ferie e non ha abbastanza soldi per il volo. Dovrebbe tornare a casa in pullman ma gli servirebbero troppi giorni. Poi trova ogni volta una scusa diversa per non tornare in California. La realtà è che ormai non sa più quale sia casa sua e quindi passa il tempo a vendere popcorn e coca-cola, che almeno lo fanno stare al sicuro. Hai presente? Finché sei al lavoro e ti dicono cosa fare, non ti senti in colpa. Quando esci invece sono i problemi, tuoi, con te stesso."

"Sì, ho presente, mi capita durante gli allenamenti e le partite."

"Ecco bravo, beh, stacci attento. Tu sei giovane ma il tempo passa per tutti, solo per me non passa ma io sono Babbo Natale."

Me lo immaginavo più bonaccione Babbo Natale, e sicuramente meno petulante.

"Ma quindi ora che succede?"

"Ora? Mi finisco di vedere la partita, vedo il tuo tiro andare sul ferro e vediamo chi prende il rimbalzo."

"Come fai a sapere che non andrà dentro, scusa?"

"Ma io so già tutto, passato-presente-futuro. Ma che credevi che ti accendevo il firmamento e distribuivo regali e basta? Per chi mi hai preso? Per Amazon?"

"Amazon?"

"Già, scusa. Qui è il 1977, no? Sì, Amazon. La concorrenza, dai. Niente di importante, la vedrai tra un bel po' di anni pure tu. Se ci arrivi, ovviamente. Ma sì tu ci arrivi. Vedi quello lì invece, nel pubblico, quello con la faccia da mangiapatate? Quello a marzo si va a schiantare contro un albero. Colpa sua, ubriaco alla guida. Deficiente. Non bere se devi guidare."

"Ma tu sai predire il futuro..."

"Predire? Io ci sono già stato. Per questo quando posso cerco di mettervi in guardia. E poi invece pensate alla pallacanestro, ai popcorn, a fare soldi, introiti. Io ti posso dire una cosa: non pensare ai soldi. E te lo dice Babbo Natale, che col consumismo ci ha fatto la carriera. Te lo dico perché i prossimi quarant'anni saranno un bel problema. Conteranno solo i soldi. Più di ora. Il futuro non è roseo! Si vivrà male, quando sarai vecchio."

"Pensavo invece che in futuro la vita dovrebbe migliorare, no? Con la tecnologia, gli studi, la scienza..."

"Vedrai che bella tecnologia che ti aspetta. Viaggerete più veloci, telepaticamente. Non più solo telefonate, ma vi vedrete sugli schermi, come in TV, da casa a casa e pure su dei cosi che vi porterete sempre in mano. Bello, vero? E nessuno penserà più a tornare a casa, quella vera, e mica solo a Natale. Tanto vi basterà inviarvi una foto, buttare due parole in un messaggio. La tecnologia vi avvicinerà ma vi permetterà di stare lontani, sempre di più. A fare soldi. O a dormire, mentre fate soldi."

Non sono sicuro di capire. Questo Babbo Natale mi pare un poco, non so cosa, non riesco a inquadrarlo. Un po' esagerato, forse.

Ma tu ci credi a Babbo Natale?

"Chi vince il campionato quest'anno?" Gli chiedo.

"Vuoi andare a scommettere? Vuoi sapere se stai giocando bene? Nella squadra giusta?"

"No, era per curiosità."

"Io con te perdo tempo, come con tutti. Dimentica quello che ti ho detto, goditi Amazon tra quarant'anni. Ora indovina un po' cosa mi tocca fare? Ci sta il cantante dei Ramones, Joey, a Londra, che sta piagnucolando che vuole la mamma. Sono lì in tournée e non tornano per Natale a casa. Devo andare fargli una lavata di capo. Lui lo sapeva, perché ha accettato?"

"Conosci i Ramones? Dal vivo?"

"Oddio oddio oddio... Ma hai capito che sono Babbo Natale? Che sono un mago, un trapezista della realtà, un uomo dell'immaginario fantastico preso e fatto in carne e ossa? O vuoi vedere le renne? Stanno fuori, al McDonald's. Ho le renne carnivore, le renne obiettrici di coscienza".

"Volevo dire... sono un po' confuso. Quindi Joey Ramone vuole la mamma?"

"Sì, come chiunque, a Natale. Divertiti tu con quel pallone e il conto in banca. Si divertisse Joey con la chitarrina e le canzoncine sceme. Ma credono di cambiare qualcosa col punk? Non arriverà nemmeno all'81..."

"OOOOHHH!!! FAMMI ANDARE IN CALIFORNIA!!!"
"OK! VAI! PRENDI!"

Babbo Natale fulmina con lo sguardo l'omino dei popcorn. Da una delle uscite d'emergenza entra a gran galoppo una renna che, a una velocità pazzesca, dà una cornata bestiale al venditore ambulante. L'amico, ululante come non mai, prende il volo come una palla di cannone ed esce da un finestrone in alto nel palazzetto, fracassandolo.

"Ma non si sarà fatto male?"

"No, l'ho gonfiato di antidolorifici un'ora fa. Ho fatto un piccolo salto nella sottopausa temporale, non te ne sei accorto?"

"No."

"Sono Babbo Natale, sono fortissimo! Mamma mia quanto sono forte, miglioro con l'età."

"Ma quindi riprendiamo la partita come niente, ora?"

"Sì, va bene. Ma hai capito, quindi? Si vive ogni momento, si muore una volta sola!"

"E che significa?"

"Vedi, non mi hai seguito!"

"Ma quella frase non era "si vive per brevi momenti e i mostri non esistono?"

"Mmm... forse. Mi sto confondendo. Sai mica dove stanno i cessi, qui? Ti rimetto la palla in aria, vai!"

Ed è un frazione di secondo, sbatto le palpebre e tutto intorno è di nuovo assordante, il palazzetto ha ripreso vita, la partita pure e il mio tiro va a sbattere sul ferro, Kareem prende il rimbalzo e la schiaccia dentro.

Corro in difesa, mi vengono in mente i Ramones. Che gran gruppo, dovrei andare a vederli dal vivo prima o poi, tanto quelli non muoiono mai.

Ma tu ci credi a Babbo Natale?

FINE

Un tiro a canestro nel 1977

TITOLI DI CODA

Colonna Sonora
"Merry Christmas (I don't want to fight tonight)"
(The Ramones)

Attori principali
(in ordine di apparizione)

Giocatore Los Angeles Lakers: Matthew Santamonica
Allenatore Los Angeles Lakers: Sammy Towherb
Babbo Natale: Sonny Doorman
Omino dei popcorn: Joeffrey Jocks
Kareem: Kareem Abdul Jabbar

Si ringrazia la città di Seattle e la cortese disponibilità del
Seattle Center Coliseum

Ma tu ci credi a Babbo Natale?

Sono in un pub a Londra, è il 16 dicembre. Attendo il pranzo e attendo che mi arrivi l'ispirazione.

I miei editori mi hanno chiesto un racconto di Natale per un quotidiano locale incentrato sul tema dei debiti. Il racconto, non il quotidiano locale. Anche se ovviamente il quotidiano locale di qualche debito, probabilmente non pagato ed esploso, ogni tanto, ne parla.

Mi sento piuttosto fortunato nell'essere a corto d'idee su di un tema così brutto. Solitamente parole banali come brutto non andrebbero usate ma per me i debiti sono brutti e basta. Pensavo di scrivere di qualche miracolo natalizio, tipo che Babbo Natale piglia e cancella un debito pazzesco a una famiglia povera, intervenendo magicamente sui computer della banca. Ma l'idea, onestamente, mi ha fatto cagare già sul nascere.

Mi chiedo se qui in questo pub, al momento pieno di sola gente inglese e tutti sopra la cinquantina, ci sia qualcuno afflitto dai debiti. Forse no, se stanno pranzando al pub, di martedì. È anche vero che ci sono persone ricchissime con debiti pazzeschi che se la spassano mentre hanno buchi di milioni di euro. Lo so, suona strano ma è così. Se hai un debito di un milione di euro, che ti cambia se ti fai un fish&chips?

Ma a Natale succedono cose buone. I debiti non sono cose buone.

Ricordo un Natale di qualche anno fa, sarà stato il 2007 o il 2008.

Per la verità qui ci sta un vecchietto ora che è tutto un Parkinson e mi fa di no con la testa. Non vuole che racconti? O sta andando di Parkinson col motore diesel?

Dicevo, era qualche anno fa e vivevo in una casa con un coreano, una coreana e una giapponese. Tutti e tre personaggi a modo, gentili, discreti e simpatici. Certo, niente matte risate ma almeno mantenevano una specie di espressione positiva in perenne stand-by sul viso.

La giapponese studiava moda (ma vestiva come un tavolo da biliardo), la coreana studiava economia (e infatti non usciva mai, risparmiava pure sull'aria respirata) e il coreano faceva l'artista. In realtà faceva in un certo senso l'affittacamere, come professione principale. Noi pagavamo a lui la quota mensile e lui pagava tutta la casa al vero proprietario, un turco che non sapeva parlare inglese e quando c'era da discutere si portava la figlia come interprete. E mi dovete credere che era proprio così, nessuna invenzione. Gahn, il coreano, era un personaggetto niente male. Sempre con occhiali da sole a specchio, pure in casa e di sera, credeva di essere una specie di nuovo Jim Morrison. Non sono mai riuscito a capire la sua età, sarà stato qualcosa tra i trenta e i trentacinque. Si faceva mandare soldi da suo padre per continuare a studiare arte. Alcuni dei suoi quadri non erano male, in fin dei conti. Peccato che erano esposti nel corridoio per raggiungere il cesso. A me dispiaceva e lui sicuramente ne soffriva.

Il vecchietto qua continua a fare di no con la testa ma io questa storia ve la devo raccontare.

Erano gli inizi di dicembre quando il caro Gahn ricevette una bella telefonata a mo' di lavata di capo da suo padre. Diciamo che a Jim Morrison gli avevano tagliato i fondi. Lui, considerando che campava se non alla giornata diciamo alla settimana, si ritrovò un po' con l'acqua alla gola. Poteva certo aumentare l'affitto a me e alle due ragazze ma ce ne saremmo andati nel giro di un paio di settimane quindi sarebbe stato solo peggio per lui. Ebbe quindi la grande idea d'iniziare a dare lezioni private di arte e infatti dopo qualche giorno dava una mano a una ditta di traslochi. Si alzava alla sette di mattina e tornava alle sette di sera. Diceva che pagavano bene e si teneva in forma.

Gahn non pesava più di sessanta chili: pareva una scopa. Io lo incoraggiavo a tenere duro ma gli davo pure un paio di settimane per il primo collasso. Gli unici amici di Gahn erano una coppia: lui un gigante neozelandese, lei una minuta e graziosa coreana. Tipi un po' sopra le righe ma fondamentalmente simpatici e bonaccioni.

Ma tu ci credi a Babbo Natale?

Una sera, sarà stato il 10 dicembre, il gigante neozelandese (di cui mi scuso ma non ricordo il nome) bussa alla mia porta e mi chiede di scendere giù in camera di Gahn. Io pensavo già che si fosse suicidato. Invece in camera sua non trovo lui ma una lunga fila di abiti appesi a uno di quei carrelli espositivi da negozio d'abbigliamento. Saranno stati un centinaio, la camera era piena. Io di moda non ne capisco niente ma parevano belli, di buona fattura. Il neozelandese mi fa "Li ho rubati. Li ho portati qui col furgone." Perché lo stava dicendo a me? Che ovviamente non le volevo sapere nulla?

"Se Gahn riesce a venderli, ha risolto i suoi problemi coi turchi."

"Coi turchi?"

"Il padrone di casa aspetta sei mesi di affitto della casa e ha già fatto venire i suoi nipoti a parlare con Gahn. Non hanno parlato molto ma hanno fatto capire chiaramente a Gahn che è meglio che trovi una soluzione entro fine mese."

Io non sapevo cosa dire. Merce rubata, turchi incazzati, un neozelandese improvvisatosi malamente benefattore. E io che dovevo fare? E perché mai avrei dovuto fare qualcosa?

"Tu devi dirlo a Gahn. Digli che questi vestiti li deve vendere a qualcuno. Digli che glieli ha portati Babbo Natale."

Nel dire questo, il neozelandese sembrava molto serio e quindi molto molto cretino.

Ma tu ci credi a Babbo Natale?

"Gahn è coreano, non crede a Babbo Natale, secondo me non sa nemmeno chi è. E poi ha 35 anni. E poi perché dovrei dirgli IO di vendere roba che hai rubato TU?"

"Gahn è cattolico e crede a tutto, pure a Babbo Natale. Questi vestiti valgono almeno cinquecento sterline l'uno e sono centoventi. Fanno sessantamila sterline. Il suo debito lo riesce a ricoprire pure se ne vende la metà. I turchi saranno felici. Babbo Natale non viene da lì? San Nicola?"

"Credo che Babbo Natale venga dalla Lapponia o forse lì ci tiene parcheggiate le renne."

"Mmm OK, ma non cambia nulla. Dillo a Gahn. Io devo andare che la polizia mi cerca."

"E se la polizia bussa qui e vede i vestiti, io che dico?"

"Dì che non sai nulla e buonanotte."

Con queste illuminanti parole il gigante neozelandese alzò i tacchi e non colse le mie parolacce in italiano, mentre prendeva l'uscio.

Erano le sette di sera, era dicembre, avevo il volo per l'Italia la settimana successiva. Questo il quadro temporale. I fatti invece dicevano che ero in camera del mio affittacamere coreano (indebitato con dei turchi) e in detta camera vi erano vestiti rubati per un valore di circa sessantamila sterline. Provenienza ignota, rubati per mano di un neozelandese, mosso a compassione nel guardare il suo amico coreano nei guai. In tutto ciò il mio ruolo era dirgli che quei vestiti glieli aveva portati Babbo Natale per rivenderli ed estinguere tutti i suoi debiti. Che vita ragazzi, che vita!

Qualche minuto dopo questa amara riflessione entrò

Ma tu ci credi a Babbo Natale?

Gahn, nella sua camera. Il suo volto da coreano stupito racchiudeva due interrogativi: perché io ero nella sua camera e perché vi ci avevo portato un negozio di moda dentro. Mi tolsi subito il peso.

"Te li ha portati Babbo Natale e li devi vendere!"

Gahn credo aggrottò le sopracciglia, se solo avessi potuto vedergli gli occhi una buona volta, sempre dietro gli occhiali a specchio. Non disse nulla, parlava poco in genere a dire il vero.

"Babbo Natale è venuto, ha bussato alla porta e ha portato dentro questi vestiti. Aveva la slitta piena. Ha detto che li puoi tenere e che anzi li devi vendere per risolvere il problema... coi... Turchi."

Le ultime parole mi uscirono un po' sofferte perché non mi andava di far sapere a Gahn che fossi a conoscenza del suo debito. Gahn disse "i-shi-pa", sottovoce. Mai saputo cosa significasse. Salii in camera mia, lasciandolo solo coi suoi problemi. Le altre due ragazze erano fuori da due giorni al supermercato, e noi ci eravamo dimenticati di avvisare la polizia in merito.

Quella notte sentii diverse tonalità di "i-shi-pa", urlate, sottovoce, strillate, pronunciate mestamente. E vetri rotti. Gahn sembrava disperato e io un po' cagato sotto. Infatti ci pensai duemila volte prima di scendere a controllare come stesse e, alla fine, non ci andai proprio.

La mattina dopo lo incontrai giù in cucina. Stavo lavando i piatti e lui mi si avvicinò.

"Scusa per ieri sera. Ma Babbo Natale non mi lascia in

pace."

Ora, a me, davvero sembrava di essere al centro di una pazzesca messa in scena. Babbo Natale non lasciava in pace Gahn? Ma non mi ero mai accorto che Gahn fosse matto da legare, in tutti quei mesi di serena convivenza?

Finii di lavare i piatti e uscii. Arrivai a piedi alla stazione di Liverpool Street. Lì incontrai la coreana e la giapponese, in fila alla cassa del supermercato. Non volli nemmeno provare a capire come fosse possibile che erano state due giorni e due notti nel supermercato. Avevo per la testa altre stranezze da digerire. Mi salutarono e tornarono a badare ai loro smartphone, facevano le foto alle buste della spesa.

Uscii dal supermercato, mi ero preso una coca cola. Presa, pagata e bevuta in ree minuti, e quelle due stavano ancora lì in coda.

Feci un lungo giro nella City. I pub erano decorati per Natale, cose tanto pacchiane quanto innocue alla fine. Natale è bello perché, se lo si prende bene, è una secchiata di festa. Se invece lo si prende con astio verso il consumismo, la religione e tutto quello che ci si può elencare, allora Natale diventa un'incazzatura globale. Io cerco di viverlo con approccio leggero. Mi aspetto di vedere gente più cordiale per strada e incontrare qualche vecchio amico. Se poi ci sono quelli incazzati, quelli che spendono soldi per la borsa di pelle di coccodrillo o quelli che dicono che Gesù è nato ad aprile... beh, a me non cambia nulla. Gesù poteva pure comprarsi la borsa di coccodrillo, per quanto mi riguarda. Natale è un concentrato di feste basato su un compleanno di una persona importante. E poi ad aprile c'è Pasqua.

Dicevo che la City era carina, a Natale. Un po' più lenta, nonostante si chiudessero i conti dell'intero anno. Forse i giochi erano già fatti, in un certo senso. Una cosa che mi è sempre piaciuta è il mulled wine, che sarebbe una sorta di vin brulè. Insomma, il vino caldo. Entrare in un pub ("The Crown", "The White Horse", "The Royal Oak", eccetera eccetera) e bere un bicchiere di mulled wine, sotto Natale, è una cosa da provare. Io la provo da anni.

Pure quel pomeriggio mi feci un bicchiere di mulled wine, nel White Hart, se ricordo bene, su Bishopsgate. Intorno alle cinque, quando la gente iniziava a uscire dagli uffici, io uscii dal pub. Avevo bevuto due bicchieri di mulled wine e i miei passi erano un po' incerti. Mi sentivo felice, respiravo l'aria frizzante. Ma nemmeno il tempo di non pensarci, che ecco che vedo un kebabbaro e mi ricordo dei turchi, del neozelandese, di Gahn e di Babbo Natale. Tutti insieme, tipo mischia di rugby.

Tornai a casa e non c'era nessuno. Gahn non era ancora rincasato. Sbirciai nella sua camera e i vestiti erano ancora lì.

Ero su in bagno quando qualcuno bussò alla porta. Bussarono energicamente e più di una volta. Io col cavolo che scesi ad aprire.

Passarono dieci minuti di assoluto silenzio e aprii la porta di casa. Lì per terra c'era un piccione con la testa staccata e una palla dell'albero di Natale ficcata grossomodo nel deretano del volatile.

Richiusi la porta e corsi in bagno. Lo spavento e la botta emotiva mi presero lo stomaco. E gli intestini.

Erano stati sicuramente i turchi, anzi, ancora peggio, i padroni di casa. Gahn non era ancora tornato e avrebbe visto sicuramente l'uccello morto, da un minuto all'altro, al suo rientro.

Chiuso nel bagno, mi buttai un po' di acqua in faccia, ero ancora scosso. Non vedevo perché dovevo essere coinvolto in un brutto affare del genere. In realtà non ero proprio coinvolto, sapevo giusto cosa stava accadendo. I turchi non ce l'avevano con me e Gahn non pareva cercare il mio aiuto o sostegno.

Mi affacciai alla finestra del bagno, che dava sulla strada. Vidi un omone avvicinarsi alla nostra porta. Vestito di bianco e rosso. Era Babbo Natale.

Pensai che quindi ci stava davvero pure un pazzo vestito da Babbo Natale, in tutta questa storia. Sentii bussare, era sicuramente lui. In un lampo pensai che potevo prendere il primo aereo per l'Italia se le cose si fossero messe male, pazienza per il costo. In camera avrei giusto lasciato un po' di vestiti, chi se ne fregava. Non avevo un contratto d'affitto, non sarebbe facilmente risaliti a me, se fossi scomparso all'improvviso. Ammesso e non concesso che avrebbero voluto o dovuto cercarmi. Forte di questi pensieri, scesi ad aprire a Babbo Natale.

"È in casa Gahn?"

Ma tu ci credi a Babbo Natale?

Babbo Natale, senza dire né buongiorno né buonasera, andò dritto al dunque.

"No." risposi io, fermo. Ma fermo non suonavo. Avevo di fronte un tipo grasso e vecchio, con la barba bianca, lunga e probabilmente autentica, vera. Era vestito davvero da Babbo Natale. Poteva essere lui, gli assomigliava parecchio, aveva tutte le celeberrime caratteristiche per esserlo. Solo lo sguardo un po' incazzato non combaciava con la tradizione.

"Digli che lo sto cercando."

"OK."

E fu così che quindi parlai con Babbo Natale. Lo vidi allontanarsi a piedi, era come circondato da una nuvola di freddo, non lo saprei spiegare, pareva come un frigorifero lasciato aperto e deambulante.

Il volatile martoriato dai turchi, tra l'altro, era scomparso.

Pochi minuti dopo tornò Gahn. Pareva più stanco del solito. Scesi per parlargli, lo trovai in cucina che affettava le cipolle. Era vestito da donna, probabilmente con uno dei vestiti che avrebbe dovuto vendere. Ci tenne a precisare subito che non si stava prostituendo ma che almeno così risparmiava i soldi della lavatrice, mettendo ogni giorno un vestito pulito e diverso. Un ragionamento che, sessualità e caratteristiche di genere a parte, non faceva una grinza.

"Gahn, è venuto Babbo Natale. E fuori c'era pure un piccione con la testa staccata."

Non pareva avermi sentito, era preso dalle cipolle. E poi

non si toglieva mai quei dannati occhiali a specchio.

"Gahn, è venuto un vecchio vestito da Babbo Natale e ti cercava. E prima ci stava pure 'sto uccello ammazzato con una palla di Natale nel culo. Ti sembra normale?"

Il coreano fece quasi per togliersi gli occhiali, io strabuzzai gli occhi e lui si ricordò di non toglierseli. Maledizione a me. Sospirò.

"i-shi-pa..."

Finì di tagliare le cipolle e le buttò nell'immondizia. Io vivevo in una casa di matti.

Era mezzanotte circa. Credo il 14 o 15 dicembre. Gahn di sotto dormiva o quantomeno dalla sua stanza non si udivano rumori. Un'oretta prima era passato il gigante neozelandese con la sua minuta coreana al seguito. Li avevo sentiti bisbigliare sulla porta con Gahn, una decina di minuti, si udiva ogni tanto qualche risatina, pareva una chiacchierata rilassata anche se un po' misteriosa. In un certo senso la cosa mi diede un leggero sollievo, considerando che ero teso come una corda di violino.

Le coinquiline, la giapponese modaiola e l'economista coreana, erano rientrate dalla spesa, dopo credo quattro giorni, e pure loro dormivano.

Quindi era mezzanotte e l'unico scemo sveglio ero io. Non sapevo cosa pensare o di cosa preoccuparmi per prima. Mi sembravano tutti pazzi. Ma in qualche modo riuscii ad addormentarmi.

Fui svegliato di soprassalto da un baccano allucinante, fuori in strada. Corsi alla finestra e Babbo Natale stava prendendo a sprangate un'automobile parcheggiata sotto casa nostra. Dava delle mazzate pazzesche sul cofano e sul tetto, con tutta la forza possibile. Gli si agitava tutta la divisa da Babbo Natale. Attorno tutto taceva ma sicuramente qualcuno aveva già chiamato la polizia. Io ero impietrito. Dopo una trentina di secondi questo pazzoide di Babbo Natale inizia a frugarsi nella tasche e tira fuori una specie di pacchetto, come una lattina. Non riesco a vedere bene e la scena è molto veloce. La prende e la tira con violenza verso casa nostra, ma all'altezza del piano di sotto, della camera di Gahn. Il vetro va in frantumi, l'oggetto contundente doveva essere molto pesante. Dopo il lancio Babbo Natale rimane fermo, tutto scosso dallo sforzo. Un attimo dopo Gahn lancia un grido, un fortissimo "I-SHI-PAAA!!!" e Babbo Natale corre via. Un minuto dopo arriva la polizia. Noi in casa facciamo finta di non esserci. Suonano alla porta ma Gahn non va ad aprire, né tanto meno io. Non so come sia possibile che la polizia non abbia notato il vetro rotto della finestra di Gahn. Ma col buio, forse, non si notava.

Rimasi sveglio tutta la notte, ovviamente di dormire non se ne parlava più. La mattina dopo aspettai che Gahn andasse al lavoro, prima di mettere il naso fuori dalla mia camera. Alle nove, giù in cucina, trovai Meguri, la giapponese. Le chiesi se avesse notato tutto il macello della notte appena passata. Lo aveva sentito e aveva anche parlato con Gahn, prima che lui andasse al lavoro. Babbo Natale aveva lanciato a Gahn una lattina di birra, tagliata a metà, e piena di banconote da cinquanta. Trentamila sterline in banconote da cinquanta. Da Babbo Natale a Gahn, per pagare il debito coi turchi, coi padroni di casa. Aveva pure scritto un biglietto dove diceva che la notte di Natale sarebbe passato a prendersi i centoventi vestiti, per portarli ai poveri.

"Non ci credo. Ma che storia è? Ma chi è questo Babbo Natale?"

Meguri sorrise.

"Babbo Natale è una vecchia storia di Gahn. È ricchissimo, vive a Richmond, a sud ovest. È pazzo e ancora innamorato di Gahn. Ma Gahn ormai lo rifiuta da anni. Ma Babbo Natale si veste da Babbo Natale e continua a cercare di attirare l'attenzione di Ghan."

In un certo senso, una giapponese mi aveva appena rivelato che Babbo Natale esisteva ed era gay.

Cantilena

Nel bosco fa ancora freddo, ma la notte è passata tranquilla. Forse proprio del tutto tranquilla non è passata, ma le tanto temute streghe, temute soprattutto dai bambini, non sono riuscite a trovare terreno fertile dove piantare le loro scope, dove accendere il loro fuoco e soprattutto dove preparare i loro intrugli, dove seminare santa cattiveria. Messe in fuga dai pastori, armati di coraggio e buon senso, e una di loro ha perso pure un cappello, bellissimo, bianco a punta, che ora uno dei bambini porta incautamente in testa. Ma il peggio è passato e quel cappello ora è innocuo, si pensa.

Il rumore dell'acqua che scorre è vicino, una trentina di metri più in là. È mattino e l'ultimo spicchio di luna è svanito poche ore fa, col sole che adesso è alle sue spalle, luminoso, ora c'è solo da attendere la luna nuova nella notte che verrà, per guardare più stelle possibile, una valanga di stelle, da quel bosco non così fitto, lontano dalle luci delle città.

Robin continua a fare battute riferendosi alla notte precedente: la storia del Minotauro, che aveva raccontato ai bambini per farli stare buoni buoni, era poi diventata quasi una barzelletta tra gli adulti. Ora anche i bambini ridono perché hanno capito che il Minotauro è esistito sì, ma davvero tanto tempo fa, e non è vero che potrebbe sbucare da un momento all'altro, ora.

Va bene, siamo pronti. Prendi Foglia, non sta mai fermo, ma nemmeno per la foto?

Ma è un cane, come può capire che sta per essere fotografato?

La figlia dell'impiccato, la bella figliola è quel che resta, il futuro, la speranza. L'impiccato è andato, non conta più chi era. Continua a ripetere Robin, come un disco rotto, una filastrocca senza cantilena.

Una sola occasione, una sola posa a disposizione nel rullino. Quindi una sola foto, prendere o lasciare, o viene bene o nessuno sarà in grado di vederci qui a Natale.

Sorridiamo, abbiamo già acceso il fuoco per il pranzo, abbiamo cantato tutta la notte, filastrocche, storie e favole che quasi erano finite le trame possibili e immaginabili. Le streghe lontano e il presente come unica ragione.

Ci siamo tutti, siam coperti di panni, di casacche, di scialli, sciarponi ma non fa nemmeno così freddo, e siamo così colorati, stiamo benissimo. Pronti, sorridiamo ma naturali, spontanei, sorridiamo con il cielo, gli alberi e le foglie secche. Sorridi pure tu, Foglia, cos'è quel muso lungo da cane pensieroso?

La fotografia fu scattata il giorno di Natale del 1967 e mantiene ancora, e manterrà per sempre, un velo d'immortale magia, eterea e unita, su centinaia e centinaia di copie sparse in tutto il mondo, fin dal primo solco, e fin dalla prima cantilena.

Cinepanettone Alpha Omega

Arrivo in aeroporto, ho il volo alle 11:30. Sono le 10, sono abbastanza in orario, credo. Devo fare ancora tutto, però, e di certo non è proprio come andare al cinema nel 1985. Quindi arrivo in aeroporto che sembro un maratoneta all'ultimo chilometro, in realtà. Scendo dal taxi, giro dietro una colonna, poi un'altra ancora ma questa la faccio veloce come una monoposto a Montecarlo, con il trolley che mi segue tutto sudato. Mi fermo, maledizione che mi fermo. Invece di entrare sono costretto a fermarmi. Sulla soglia, a bloccare le porte scorrevoli dell'ingresso PARTENZE, eccolo: un ammasso di zombie. Almeno una ventina, tutti sommariamente accatastati. Sembrano che siano stati messi lì, ma potrebbe pure sembrare che stessero uscendo tutti insieme e il primo fosse caduto, causando una reazione a catena di corpi putrefatti.

So che il mio autista non è subito ripartito ma aspetta di vedermi entrare, e non sono sicuro che i suoi connotati non siano stati già cambiati da qualche zombie particolarmente vorace. Lui, Michele l'Autista-OK, non è poi questo fulmine nel reagire alle situazioni... una preda facile per la quinta apocalisse di zombie dell'anno, nonostante il suo look tutto contro-futuristico, occhialoni a specchio e porte dell'automobile ad apertura verticale.

Ma lui, l'esperto Autista-OK Michele Cerotto, non lo sa... e continua a guidare.

(È un amico d'infanzia, poi abbiamo intrapreso strade diverse. Mentre io andavo all'università, lui grigliava hamburger da McDowell. Ma lui invece ora sposta gente, e io costruisco viadotti.)

Ma ho nominato la quinta apocalisse dell'anno o sbaglio?

... dell'anno, e Dicembre, con tutte le incazzature prenatalizie, potrebbe farne marcire una nuova, ah!

Ora in ogni caso devo pensare a entrare o perderò l'aereo. La puzza acida di vomito inizia a diventare insopportabile e l'esercito tarda ad arrivare, come al solito. Potrei usare le pale date in dotazione dalla Protezione Civile ma mi sento stanco. Aspetto l'esercito.

Ci penso un attimo.

Sempre che arrivi, l'esercito. Sempre che non sia stato già deglutito e digerito nel parcheggio dell'aeroporto, in un bel minestrone cotto nella cupola della torre di controllo.

A settembre i rinforzi arrivarono che la battaglia era già bell'e finita, nessuno rimasto nei dintorni e in piedi, in un modo o nell'altro. Cose dell'altro mondo.

Quando il mio caporedattore la smetterà di minacciarmi, forse ne scriverò un articolo in merito. Lui mi minaccia perché è un catastrofista e gli piacciono tremendamente questi exploit di zombie a cadenza bimestrale. Si mangiassero lui, gli intasassero a lui la strada sulla via di casa.

Ma io devo andare a casa, per Natale. Come diavolo faccio? Panettoni e trufoli che mi aspettano, dai!

("È una merda essere Scozzesi!" mi risuona in mente quella frase, mi tormenta.)

Prendo la rincorsa e grazie alle mie scarpe a propulsione Macro-Acro salto il mucchio di merda sub-umana. Queste scarpe sono state una grande invenzione e stanno vendendo alla grande.

Consegno il passaporto al check-in, tradizione che non ne vuole sapere di scomparire. La hostess, con un occhio che le pende dall'orbita, mi augura buon viaggio. Qualcuno dovrebbe spararle in testa, altrimenti sai che bel Natale al banco accettazioni...

Il problema degli zombie sono le malattie. Loro alla fine sono come normali persone, solo lente e sbadate, un po' come i marchigiani, ma come persone normali. Possono cercare di divorarti un braccio ma è un gioco da ragazzi spingerli via.

Se solo la polizia non avesse fatto quella tremenda cazzata di confiscare l'AIDS+ e distruggerlo... Poi è stato fin troppo facile, un gioco da ragazzi: falda acquifera, piante, mucche al pascolo e il virus in tavola.

Ma tu ci credi a Babbo Natale?

Incontro Babbo Natale, anche lui di ritorno a casa. Quest'anno ha deciso di scioperare, lasciando il compito di consegnare i regali a Capitan America. Appena mi nota mi riconosce e mi prende in disparte:

"Sai cosa succede al tramonto? Escono i fantasmi. Esattamente al tramonto, quando il sole cala e le città si colorano di luce rossa e arancione. Tra le persone chi è fantasma continua a vivere e si prepara alla notte, mentre gli altri, le anime non tormentate, sono pronte ad andare a dormire."

Lo guardo, capisco che è strafatto, mi sembra abbia pure una rivoltella o giocattolo o da quattro soldi in tasca.

"Non mi credi? Non credi a Babbo Natale?"

Penso all'ironia della domanda ma non rispondo, e torno al mio gate. Babbo Natale è acqua passata, da quando mi riparò la lavatrice, qualche Natale fa.

Al banco accettazione sono costretto a spostare uno zombie che si era addormentato. Spostandolo gli si stacca un braccio, come un lebbroso. Anche a Natale si muore di lebbra, mentre ci sentiamo più buoni e facciamo cin cin. Non importa che tu sia povero o ricco, bianco o nero, lupo o falco, a Natale fai cin cin e il resto del mondo continuerà a non far parte di te.

"Spezzò il pane e rese grazie", mi viene in mente quella frase. È passato qualche anno da quando la Cina, mettendo Stati Uniti e Europa sotto scacco, ha ottenuto il monopolio mondiale intellettuale e ha obbligato a ratificare l'accordo di Los Alamo a proprio favore. L'occidente è fritto.

Però certo io mica sto dichiarando chi prese il pane e lo

spezzò.

Qualche metro più in là vedo un tale vestito da pesce, sembra una trota gigante. Si sta sbracciando per attirare attenzione, ognuno sotto Natale pretende attenzioni maggiori. Nota che lo sto guardando e mi grida "Sono la trota gigante di Natale!". Capisco che vuole un Likey, gli mostro il tesserino e la fronte gli si illumina di blu per un secondo.

Ho mangiato panettoni e pandori indigeribili, ho raccontato la notte di Natale i miei segreti a donne delle pulizie a cui non andrebbe confidato nemmeno un segreto di Pulcinella, ho regalato scarpe da ginnastica spaiate, ho perso tradizioni e imparato novità come il Natale a novembre... ma mai avrei pensato di essere costretto dalla polizia a dover invitare a pranzo uno zombie, tutto irto e setoso, se avessi voluto partire. Soluzioni pratiche e comuniste, altra fregatura di Los Alamo.

Un gruppo di cinefili mi si para davanti, rimostranti. Dicono di aver inventato loro gli zombie, e mi piazzano dei cuoricini nell'aria. Sono come li avevo sempre immaginati, quasi fatti con lo stampino. Mi prendono in disparte, mi vogliono parlare del loro Natale, della loro Befana, del mercato delle arance. Dico loro che ho questa incombenza di portare via uno zombie e loro mi dicono che conoscono un metodo speciale per sbarazzarsene in un niente, sotto Natale. Mi dicono di rispedirlo ad Amazon. Ma io non l'ho ricevuto da Amazon, rispondo. Loro mi confidano che basta imballarlo in un sacco di cartoni inutili e Amazon si prende qualsiasi cosa indietro. Non ci credo, ma mi aiuta-

Ma tu ci credi a Babbo Natale?

no a farlo. I due più nerboruti prendono il fantoccio putrefatto e lo portano all'ufficio postale. Poi m'invitano a
pranzo da loro, vogliono che io sia uno di loro, mi hanno
già accettato, e mi dimentico quasi che devo tornare a casa
per Natale. Fortunatamente mi arriva una telepath-mail e
mi ricordo di prendere l'aereo, posso prenderlo dallo spazio temporale. Li saluto, li rivedrò in videoconferenza per
il mio compleanno.

Quando atterro trovo strade pulite, ReeGlou applicato
sapientemente ovunque e quella pubblicità dove un tipo
sprofonda comodamente nel suo tappeto di casa riprodot-
ta su tutti i fantaschermi.

Ma dove mi trovo e che Natale mi aspetta? Un altro Natale ancora ambientato nel 2119?

Mi sveglio, sono tornato nel 2200, mi ricorda HAL.

Sipario, tranne il fuoco acceso, tra centottantuno natali.

Il castello della Befana

Sì, anche io rimasi parecchio sorpreso quando venni a sapere di questa storia. La Befana? Un castello? Ma che altra teoria era mai questa? Oddio, teoria... stiamo sempre parlando di leggende...

Visto che vi vedo ben disposti, vi dico un po' come venni a conoscenza di questo dettaglio poco noto. Qualche anno fa incontrai questo anziano signore in ospedale, io mi ero slogato una caviglia e lui... io non lo so perché fosse lì, però c'era anche lui al pronto soccorso e sia io che lui non eravamo assolutamente in codice rosso o giallo o arancione, quindi l'attesa sarebbe stata sicuramente piuttosto lunga.

Detto signore attaccò bottone facilmente e io non mi tirai indietro, dopotutto c'era solo da aspettare chissà quante ore seduti su quelle panchine, bene, non avrei tenuto gli occhi sul cellulare tutto il tempo. Per fortuna non sembravano esserci emergenze vere e quindi l'ambiente, per quanto tradizionalmente non piacevole o ricreativo, non era quantomeno stressante o impressionante come può esserlo un pronto soccorso di un ospedale.

Ma come la chiacchierata entrò nel vivo? Non ho specificato che era il 22 di dicembre e io, senza pensarci due volte, pronunciai la più banale delle battute: "qui probabilmente resteremo in sala d'attesa fino alla Befana!"

Il vecchietto, sorridente e stranamente soddisfatto di aver sentito quella battuta, rispose che tanto mica la Befana aveva fretta, mentre aspettava comoda nel suo castello.

(No, questo vecchietto non assomigliava a Babbo Natale. Era magrolino, minuto, con i capelli bianchi e solo ai lati della testa, vestito con un completo marroncino elegante, e si poggiava al più classico dei bastoni anche solo per spostare il peso del suo corpicino mentre era lì seduto sulla panchina.)

Sorrisi amabilmente a quella strampalata frase e misi prontamente in dubbio la possibilità che la Befana vivesse in un castello, visto che tradizionalmente è sempre raffigurata vestita di stracci e piuttosto acciaccata, probabilmente povera e di poche pretese, ma il vecchio precisò subito che la giusta dose di avarizia e l'età inimmaginabile di quella vecchia avrebbero potuto giustificare possedimenti terrieri e beni immobili, incluso un intero castello e mica solo quello.

"Ma quindi lei questa cosa del castello l'ha buttata là a mo' di battuta?"

"No no, assolutamente. La Befana è proprietaria di un

vero castello e ci vive dentro per tutto l'anno."

"E dove sarebbe questo castello?"

"Al confine tra Umbria e Abruzzo, sulle colline."

A quel punto iniziavo a pensare che il vecchietto avesse chiaramente qualche problema mentale, fosse un po' toccato, innocuo ma rincoglionito, ecco. Però in fin dei conti la storia del castello della Befana iniziava a incuriosirmi, così lo... incalzai.

"E nessuno l'ha mai notato questo castello? Nessuno che ne parla? I castelli non passano inosservati... figuriamoci se poi sono della Befana!"

"Beh, ragazzo mio, ovviamente è un castello magico, e la Befana è pur sempre una mezza strega, vola sulla scopa, gira tutto il mondo volando in una sola notte, e quando vola porta via il castello con sé, rimpicciolito tanto da poterlo tenere stretto nel palmo della mano."

"Guardi, io adoro queste storie, mi dica tutto quello che sa, per favore, tanto qui c'è da aspettare. Vada avanti."

E l'anziano signore iniziò, non se lo fece ripetere due volte.

Il castello della Befana esiste per davvero. Solitamente situato sulle colline tra Abruzzo e Umbria, più verso l'Umbria. Solitamente perché la Befana, quando percepisce nell'aria scocciatori in arrivo, prende il castello, lo fa diventare delle dimensioni di un mandarino, e vola via con esso. Poi una volta trovato qualche posto tranquillo e sicuro, lo riporta alle dimensioni normali e vi ci entra dentro solitamente a riposarsi, per prima cosa, dopo la lunga volata. Il castello per questo motivo è stato un po' ovunque. Sia sulle Alpi che in Sud America, che in Sicilia, ma anche in Canada, in Messico e dalle parti del Polo Nord e in Irlanda. Sempre e comunque dove si potesse trovare un bel vento fresco o magari anche un po' di neve, difatti il Sud America e la Sicilia sono solo destinazioni invernali in tal senso. La Befana, banalmente, detesta il caldo, detesta sudare e detesta andare al mare. In tal senso la sede ufficiale tra Abruzzo e Umbria è da sempre perfetta.

Il castello della Befana è largo, basso e piuttosto diroccato. Massiccio comunque, imponente e tutt'altro che fragile. Fatto per metà in pietra e per metà in legno, brilla di una propria misteriosa luce scura, tenebrosa ma in qualche modo rassicurante. Ha un lungo e stretto ponte levatoio... e quindi ha un fossato! Paludoso, quasi un grosso acquitrino, e popolato di coccodrilli neri e coccodrilli bianchi, come una partita a scacchi, che non vanno affatto d'accordo tra di loro e per questo le acque del fossato sono perennemente agitate.

Il castello è sempre in vivace attività grazie alla presenza di un'intera servitù di volenterosi fantasmi, pronti a rimuovere le sempreverdi ragnatele, a cucinare la solita zuppa di cipolle e carote per la Befana e a nutrire di nuvole di zucchero i coccodrilli nel fossato. I fantasmi, proprio quelli della tipologia più pittoresca, quelli cioè muniti di lenzuolo bianco, fanno poi anche da sentinelle dalle due torri del castello, Torre Babele e Torre Cremlino, la prima sempre puntata verso Nord, e la seconda verso Est. Altri fantasmi sentinella, ancora più audaci, sono quelli che svolazzano fino al centro abitato più vicino per origliare le chiacchiere nei bar e nelle tabaccherie, e carpire se qualcuno avesse già notato il castello, lì non lontano, magari appena atterrato. I fantasmi, se non impegnati in una delle loro mansioni tra cucina, pulizia e sorveglianza, tornano al loro stato originale, ossia essere le pietre nelle mura del castello. Anche per questo il castello, con la sua natura magica, può rimpicciolirsi e quasi a svanire, al solo volere della sua mamma, la Befana, che un tempo fu anche una sorta di strega benevola piena di lauree e riconoscimenti in incantesimi e pozioni magiche. Qualcuno benefico, qualcun altro un po' meno ma mai nulla che arrecasse un vero danno al destinatario.

E sai cosa fa tutto l'anno la Befana? Non ci crederete. Dorme. Detesta l'estate, non trova nulla d'interessante nella primavera, quindi una volta passato il 6 gennaio, si prepara per una lunga lunga dormita, quasi come un letargo al contrario, un letargo estivo. Ha mangiato tanto, girando per le case durante la sua notte tutta speciale, e quindi in quanto a calorie e grassi accumulati non ha nulla da temere. La sveglia suona all'inizio dell'autunno. Da quel giorno, fino al 4 gennaio, non fa altro che consultarsi a uno a uno con i fantasmini delle pietre del castello. Mentre lei dorme infatti, i fantasmi ogni anno vanno in giro per tutto il mondo a spiare il comportamento di ogni singolo bambino e anche di ogni singolo adulto, per poi riferire alla Befana, come dei veri e propri spioni, tutto quello che hanno visto o sentito. La magica vecchiaccia prende appunti, una valanga di magici e strampalati appunti, cosicché, alla richiesta di eventuali dolci o doni, la Befana sa benissimo cosa far trovare, se tali doni o dolci oppure il famigerato carbone. Questo appunto, sia per i bambini che per gli adulti. La Befana ormai da molti secoli non fa più distinzione.

Solo una minima parte dei dolci vengono prodotti artigianalmente dai fantasmi, mentre la stragrande maggioranza vengono acquistati direttamente dai supermercati, dai mercati rionali, dalle tabaccherie, da dove capita. In questo la Befana non bada a spese, anche perché usa sempre la stessa moneta che sdoppia e trasforma a seconda della valuta in cui deve pagare. Porta questo soldo in una tasca e nell'altra tasca ogni volta trova esattamente quanto le serve, è una delle sue magie più facili. Ah sì, ovviamente non si fa riconoscere. Quando si reca a comprare dolciumi vari è semplicemente un'anziana signora qualsiasi. Un po' bassina, un po' magrolina e gobba, ma niente di atipico o innaturale. Dopotutto, sarebbe pure maleducazione accusare un'anziana donna di essere la Befana in persona, quindi... psicologia inversa, verrebbe da dire, e anche chi lo sospetta non lo dice mai.

E il carbone? Quello è di sua produzione. Sai cos'è il carbone, no? Da cosa si ricava? Dalle segrete del castello, dai sotterranei. Pieni pieni di carbone, che poi la Befana mette tutto nella sua sacca e porta in giro volando volando sulla scopa.

Mi chiedete se la Befana sia mai stata giovane e bella? Me lo chiedete? Dai chiedetemelo, in coro, anche se sei non ci sta nessun altro a leggere insieme a te.

Sì, incredibilmente sì. Ha origini lontane, ha tantissimi anni, ha visto nascere Gesù, sanno un po' tutto come è andata la storia. No? Non la sapete tutti tutti? Beh, i Re Magi, che la Bibbia non ha mai detto chiaramente quanti fossero ma per qualche strano motivo noi invece lo sappiamo benissimo che fossero in tre, insomma i Re Magi erano sì guidati dalla Stella Cometa ma ebbero qualche dubbio sulla giusta strada da seguire, durante il lungo viaggio. Bussarono quindi alla porta della Befana e chiesero indicazioni, e ovviamente non sapevano mica chi stesse per aprire, bussarono semplicemente a caso. Non è chiaro se la Befana seppe dar loro la giusta direzione ma probabilmente no, non la sapeva nemmeno lei. Il motivo? Il motivo è la ragione per cui stiamo qui a parlare di lei. I Re Magi comunque invitarono la vecchietta a unirsi a loro, chissà... forse all'epoca la Befana era anche in forze, avrebbe potuto camminare a lungo o forse c'era un posto libero su un cammello, o magari Baldassarre se ne era innamorato. Fatto sta che la Befana non accettò, non se la sentiva, faceva freddo. Dopo un po', un'ora forse, ci ripensò, si rese conto dell'occasione persa e, dopo aver preparato una montagna di doni per il Bambin Gesù, uscì per cercare i Re Magi e unirsi a loro ma non li trovò. Delusa, amareggiata e forse pure un po' incazzata, non si diede per vinta e passò al piano B, proprio la B di Befana. Iniziò a bussare a ogni porta e a donare regali e dolciumi a qualsiasi bambino le si presentasse dinanzi, nella speranza che uno di loro fosse Gesù. Camminò a lungo e le sue scarpe iniziarono a rompersi, ma lei non si perse d'animo, visto che iniziò a spostarsi anche nei paeselli lì vicino. Alcuni bambini, vedendone le scarpe tutte rotte, porgevano alla Befana delle calze, per coprire almeno un po' i piedi esposti al freddo. La Befana però un po' non capiva, ormai completamente rapita dalla sua impresa, e un po' non accettava calze dagli sconosciuti, allora per tutta risposta riempiva le calze con le caramelle e passava come se nulla fosse alla casa successiva. Arrivò il mattino dopo, i dolci li aveva finiti ma aveva ancora tutto un mondo da visitare e milioni e milioni di bambini a cui lasciare doni, e tanti tanti dentisti da fare felici. Capì quindi che avrebbe dovuto inventarsi qualcosa e iniziò a studiare e libro dopo libro... iniziò a saperne davvero tanto di matematica, fisica, chimica per poi arrivare alla magia. Gli sarebbero serviti secoli e ci sarebbero sempre stati nuovi bambini, magari nuovi messia, come poteva saperlo lei? Così decise che almeno se la sarebbe presa comoda, dormendo quasi nove mesi all'anno in un bel castello, tutta servita e riverita. La scopa le fu regalata dalla strega Alice durante un viaggio nel tempo ma qui si parla già forse è un'altra storia.

Chiamano il mio nome, è arrivato il mio turno per farmi controllare la caviglia, il pronto soccorso è quasi vuoto ormai. Saluto il vecchio, lui mi dice che sta andando a casa allora. Rimango stupito, lui intuisce subito la mia sorpresa.

Brevemente mi confessa che non aveva nulla da fare e che quindi aveva pensavo fosse arrivato il momento di passare la storia a qualcun altro, di qualche altra bocca. Perché al pronto soccorso? Non lo sapeva, gli era girato così. Ora pero toccherà a me raccontarla in giro, tutta questa meraviglia del castello della Befana. Anzi, tocca a te, mi sa.

Quando sono tornato a casa (tutto OK con la caviglia, grazie) ho preso il mio vecchio atlante delle scuole medie per vedere quali colline fossero al confine tra Abruzzo e Umbria dove il vecchio aveva che il castello della Befana fosse solito trovarsi... e ho notato che l'Abruzzo non confina con l'Umbria.

Ma non mi ha preso in giro, è la Befana che è davvero incredibile con le magie.

Nel deserto

Un caldo pazzesco. A circa trecento chilometri a sud di Zelfana, in Algeria, e quindi nel mezzo del deserto del Sahara. Babbo Natale, tutto solo e tutto fradicio di sudore. Il costume, la sua divisa, il suo imprescindibile completo bianco e rosso. La barba appiccicata al collo e alle orecchie, alcuni lunghi peli anche attorno agli occhi. Trasudava liquidi che sembrava una burrata pugliese.

"No, non posso togliermi il completo, e se incontro un cammello che gli dico?"

Pensava ai cammelli. Era convinto che almeno i cammelli credessero ancora all'esistenza di Babbo Natale. Il Padreterno (creatore di varie figure mitologiche, vedi Biancaneve, Zeus e la fata della casa) gli aveva detto che ormai il suo ruolo era finito. Nemmeno l'imprinting funzionava più, i bambini già nascevano sapendo che Babbo Natale non esisteva.

Vatti a fare un giro nel deserto, pensaci un po', gli aveva

suggerito il Padreterno. Per convincerlo, e anche toglierselo dalle palle, gli aveva sparato questa panzata dei cammelli, che diceva fossero animali molto intelligenti e perciò ancora convinti dell'esistenza di Babbo Natale.

Lui, il mega barbone, pensò pure che forse forse avrebbe potuto sostituire le renne con dei cammelli, se questi si fossero dimostrati interessati e seriamente votati alla causa, vitto e alloggio era comunque incluso e magari sarebbero stati allettati dalla fama e dai viaggi gratis, cosa che le renne ormai era arrivate a dare per scontato, se non dovuto.

Già, le renne. Amiche care, finite arrosto. Babbo Natale aveva avuto periodi di magra e la fame nervosa, unita al conto in banca prosciugatosi per il vizio del gioco... insomma le renne le aveva fatte macellare. Poi aveva anche imparato a farlo da solo, così risparmiava sul servizio di macellazione e vendeva direttamente ottima carne di renna dal produttore al consumatore. Va da sé che un paio di renne se le era gustate lui, da solo, cucinate bollite con una valanga di carote, cipolle e patate o arrostite e spennellate con la salsa barbecue.

Ma torniamo nel deserto, agli scarponi da neve che affondano nella sabbia. Dall'alto passa un drone, che lo inquadra. Zoom in puro stile hollywoodiano. Babbo Natale ne avverte la presenza e alza lo sguardo al cielo, cecandosi gli occhi contro il Sole.

"Maledetto."

Vede volare giù un foglio di carta appallottolato, lanciato dal drone. Gli cade a pochi passi da lui, lo raggiunge bestemmiando e lo raccoglie.

SEI UN SFIGATO.

Grazie, bel messaggio, pensa.

Sa bene che è stato il Padreterno a mandarglielo. Il Padreterno lo vuole far fuori, non riesce a sbolognarlo in maniera lecita, ma non ha intenzione di pagargli alcuna ridondanza e quindi sono anni che cerca di sfiancarlo psicologicamente, per costringerlo a rassegnare delle dimissioni spontanee.

Nel frattempo però di cammelli nessuna traccia.

Forse i cammelli non esistono, forse non esistono perché io non esisto, se non esisto io non esiste nient'altro, essendo io il punto di vista, l'osservatore, l'unico testimone di quello che so.

Il caldo, la sabbia dentro gli scarponi la filosofia spicciola. Babbo Natale ne aveva ancora da dire.

Un serpentello gli si avvicina. Sibila forte, nel silenzio del deserto.

Babbo Natale non ne ha paura, anzi lo guarda come se fosse la cosa più normale al mondo da incontrare, in un deserto e forse aveva ragione.

Ma il serpentello scompare nella sabbia.

Un'improvvisa folata di sabbia travolge l'anziano panzone. Un po' gliene finisce in bocca e sputacchia via un paio di cucchiaiate di granelli.

Ma tu ci credi a Babbo Natale?

Lo sente, ora forte e chiaro, vicino alle sue orecchie. Con chissà quale trucco da prestigiatore di qualcuno, il serpentello gli è salito fin sopra la barba e gli sibila ora vicino al collo.

Rimane immobile. Babbo Natale trattiene il respiro mentre il serpente, intrecciatosi nella sua barba, gli si para davanti agli occhi, saettando la sua lingua biforcuta fino a lambire ciglia e sopracciglia del nostro sfortunato ricordo d'infanzia.

Babbo Natale si sta chiedendo se gli si sia fermato pure il cuore, oltre che il respiro.

Poi attacca, scatta e urlando afferra il serpente poco sotto la testa e lo stritola con la tutta la sua forza, con entrambe le manone. La bestia gli pulsa tra le mani e cerca di reagire ma Babbo Natale lo ha preso bene e non è possibile che il serpente possa morderlo. Due animali, uno a sangue freddo e uno a sangue caldo, che se la giocano sotto il Sole bollente del Sahara.

Passano svariati secondi e Babbo Natale capisce che non riuscirà mai a strozzare un serpente.

Allora decide di tirare forte forte e squartarlo in due.

Il serpente, o meglio le sue due metà si muovono ancora, quando Babbo Natale riprende a respirare anche se in chiaro affanno. Capisce, inoltre, che ha trovato cosa mangiare per pranzo. Rimossa la pelle, troppo coriacea anche se nutriente, non è la prima volta che Babbo Natale gusta carne cruda di rettile, la prima volta fu in Messico.

Il museo del Natale

Tour dei presepi di Natale.

Finalmente un'idea nuova! Penso, ironicamente – e sia chiaro.

Entro, costo un euro, e la cosa mette fuori uso centinaia di persone, per loro fortuna stavolta.

Penso, no, a Natale devo essere più buono, quindi infilo questo magico portone, tutto elettronico, tutto elettromagnetico.

Entro e penso che non ho idea, come sempre, di come muovermi quando entro in un museo.

Mi si avvicina un omino robot, un coso che gira su rotelle, non so se mi ricordi il Doctor Who o Guerre Stellari. Potete scegliere, voi che potete ancora scegliere.

Mi chiede, con voce secca secca ed elettronica, se avessi pagato il biglietto. Gli rispondo di sì. Mi restituisce l'euro, ne aggiunge un altro e mi dice di seguirlo. Non capisco il perché ma poco conta. Sono in attivo.

Ma tu ci credi a Babbo Natale?

Chiedo se fossero presepi viventi, quelli esposti.

Lui mi dice che non ne vede esposti.

Effettivamente stiamo solo attraversando un lungo e abbastanza buio corridoio, illuminato da fiammeggianti torce che con la loro luce irregolare mostrano chiaramente le pareti lastricate della galleria. Mi sembra di essere piombato in un passaggio segreto di qualche secolo fa ma la presenza del robottino futuristico che mi fa da Virgilio mi confonde parecchio le idee.

Ci si presenta davanti una porta, non animata, ma una normale porta di legno, anche se fosse stata animata sarebbe stato certo più affascinante. Il robottino mi comunica che oltre la porta c'è una guida che mi aspetta per la visita alla Sala dei Presepi Viventi.

Apro la porta e la sala, grandissima, mi ricorda una di quelle bellissime sale dei musei più classici, magari proprio una della National Gallery di Londra. Grandi, grandissime.

Di quadri però ne vedo solo cinque, messi su cinque cavalletti, come se siano stati appena dipinti e ancora lasciati all'aria ad asciugare.

La guida mi si avvicina. È un uomo sulla sessantina, grassottello, elegantissimo e con i capelli impomatati all'indietro. M'invita a non perdere tempo che la mezzanotte è vicina.

Avrei voluto fare meglio la sua conoscenza, ma è chiaramente determinato a intraprendere la visita e sciorinare le sue spiegazioni il prima possibile.

Il museo del Natale

Questo il primo quadro. Peccato voi non possiate vederlo.

Mi dice essere un'opera di tale Filippo Lippi, intitolata "L'adorazione del bambino di San Vincenzo Ferrer". Come la Nutella, dico io. La mia guida pacioccona ride di gusto della mia battuta. È una tempera su tavola, mi spiega, dando per scontato io ne colga le conseguenze tecniche di tale supporto. Vi ci sono Madonna, San Giuseppe, bambinello, San Giorgio (passato di lì per caso) e San Vincenzo Ferrer che invece di guardare al piccolo Gesù, lo guarda in differita in un piccolo televisore a forma d'uovo. Chiedo come mai sembra che il piccolo Gesù abbia mal di schiena e la mano destra diciamo un po'... storpia. La mia guida mi spiega che a quel Gesù di lì a poco verrà diagnosticata una allora sconosciuta forma di malattia alle ossa. Un sorta di cancro di ossa, in pratica. La schiena è già rigidamente innaturale e fragile, la mano già rotta dai primi peccati del mondo e la Madonna già lo sa, San Giorgio è giunto lì per dare la non lieta notizia. Giuseppe non sa ancora cosa stia succedendo, pensava di ritrovarsi a fare da padre al figlio di Dio, non a uno storpio. La guida m'informa che in seguito quel Gesù bambino non arriverà nemmeno ai venticinque anni, altro che trentatré. Le figure alle loro spalle, gli amici di zona e qualche conoscente lo guarderanno sempre da lontano, San Giorgio ne sarà amico fino alla fine, e San Vincenzo sarà sempre distratto dalla televisione. Per quanto amore ci potesse essere, il volto della Madonna rimarrà sempre così determinato e teso, arcigno.

Ma tu ci credi a Babbo Natale?

Ne resto piuttosto sconvolto. Non me l'aspettavo.

"Passiamo al prossimo, non perdiamo tempo, forza" mi dice la guida.

Si pone, dandosi un tono eccessivamente solenne, di fianco al secondo dipinto. "Il dittico di Melun!" annuncia. Ma anche questo voi non potete vederlo, mi spiace.

Passa a spiegarmi che quel che vedo è solo scomparto destro, raffigurante la Madonna del latte in trono con bambino. Certo, certo, mi dice la mia guida, quelli dietro sono cherubini e serafini, a seconda del colore. Ma Jean Fouquet non lo sapeva, in realtà. Io confesso di rimanere sorpreso, pensavo fossero diavoli, e tanto meno mi aspettavo di guardare il seno di una donna in un quadro della Vergine Maria.

"Perché? La Madonnina non poteva avere delle belle tette? Guardi che quella lì nel quadro ha in seno rifatto, non trova? I cherubini blu, i serafini rossi, o viceversa, sono i clienti di quella prostituta."

Rimango sbalordito. Ma dove sono finito?

"Cosa la sorprende? La Maddalena non era forse una puttana? Beh, in questo caso lo è la non così Vergine Maria. È forse un problema? Anche questa "vergine" doveva mangiare per nutrire il proprio bambinello. Guardi: non c'è alcun padre, è andato via, ha abbandonato moglie e figlio. Lei rimasta sola, ancora giovane e su di un trono retto da luci rosse e qualche anima blu. Ho spesso considerato quei diavoletti blu come i suoi migliori clienti, quelli che oltre alla mancia lasciavano una buona parola per lei, prima di tornare dalle proprie mogli. Certo, sempre peccatori, ma lei non ha mai agguantato un seno, mi scusi?"

Non rispondo, sono letteralmente a bocca aperta.

"Ecco, non si preoccupi, non verrà scomunicato per queste parole, tra l'altro le sta solo ascoltando no? Diciamocelo, la Vergine Maria non può essere sempre quella scelta dal Signore, dal buon dio. La Vergine Maria è anche quella scelta perché ha le tette più grosse o la gonna più corta. Troppo facile altrimenti. Venga a puttane con me, ascolti le loro storie e poi vediamo chi è il più cristiano dei clienti, il più credente. Siamo tutti peccatori, sotto la tovaglia buona la sera di Natale. Ora mi segua, abbiamo pochi minuti e ancora tre quadri."

Il terzo, leggo dalla targhetta, è la Natività Mistica di Botticelli.

Sospiro ammirato, felice di trovare qualcosa di familiare, almeno nel nome dell'autore.

Dimenticavo: mi spiace voi non possiate vederlo.

Però mi aspetto già qualche altra botta, qualcosa di strano in arrivo dalla mia guida, appena avrà finito di aggiustarsi il gel tra i capelli.

Mi dice che questa opera è piuttosto controversa, ed è probabilmente l'ultima dell'artista. Le prospettive sconvolte sono volute, l'anarchia finale, dice la mia guida. Ci sono nervi scoperti, tensione, c'è rabbia, rivolta.

"Questo quadro è un gran bordello, mi permetto, come può vedere. C'è di tutto: la natura, la famiglia, gli animali, la lotta, la luce oltre la foresta oscura. Gente che canta in cielo, gente che balla. Guardi poi in basso quei piccoli adorabili demoni che si trafiggono da soli. È la liberazione dal male, grazie al caos, alla libertà, all'essere quel che si vuole. Non vede qualche tratto gay, in alcune posizioni? Non vede che la grotta, per così dire, sta scivolando via, a causa di uno spossamento? Può starne certo che tutti quei colorati e strambi figuri saranno i primi ad aiutare gli altri. In cielo poi... "

"La droga!" esclamo io.

"Giusto, lei può vederci gente che ha preso il volo da terra grazie a sostanze che non posso, mi perdoni, sponsorizzare, e queste persone ci vedono da un altro angolo in modo diverso."

"Quindi quest'opera è anche un invito allo sballo, praticamente?"

"Salga sulla scrivania, se può, in ufficio. Passi dall'altro lato del bancone, al bar. Provi, come diceva quel professore nell'Attimo Fuggente, a vedere le cose da un'angolatura diversa. Non credo sia necessario darci dentro con i funghi allucinogeni. E poi guardi il risultato di tutto questo guazzabuglio: Giuseppe pare così rilassato, tutto accucciato, Gesù bambino è felice e insomma, non bisogna sempre essere tristi, altro che penitenza, comunione, penitenza, mea culpa e compagnia bella."

Mi sorge un sorriso, sono confuso, lo ammetto. Forse non mi è tutto chiaro, forse nemmeno una briciola mi è chiara, ma almeno non mi sento così fuori dagli schemi, come egoisticamente pensavo, e la cosa mi rinfranca.

Il museo del Natale

Ci stiamo spostando sul quarto quadro quando quello che sembra un tuono fa tremare i muri della sala. Rimaniamo in silenzio, un altro tuono ancora, ancora più forte e più vicino, una vera cannonata. Guardo la guida e lui mi sorride e alza le sopracciglia tradendo un filo di rammarico. Un altro tuono e un altro ancora, e ancora. La parete alla nostra sinistra inizia a creparsi, come se un mostro gigantesco stesse spingendo dall'altro lato. Altra botta, tuono, frastuono immane. La parete cede, si squarcia come se fosse una busta di plastica. Ci sono detriti e polvere. Entrano luci natalizie, bagliori pazzeschi, un grossissimo Babbo Natale seguito da bambini grassi e pieni di regali sotto le ascelle. Arrivano come una valanga umana, una musica fortissima fa la guerra contro il loro spontaneo baccano, le cinque preziose tele volano via travolte, io me la svigno giusto in tempo mentre la mia guida viene malamente buttata giù e calpestata. Arrivano, come una seconda ondata, i genitori dei bambini che versano altri regali sugli stessi, e li seppelliscono di scatole e giocattoli, e i bambini urlano felici, e Babbo Natale ride come un pazzo indemoniato. Le tele sono già ridotte in briciole, e Babbo Natale ride a crepapelle, di gusto, tirandosi su le maniche della divisa d'ordinanza, e i genitori, il presente, l'oggi, questi genitori iniziano a strisciare le carte di credito a mo' di rasoio sulle braccia del panzone in barba bianca, esce sangue ed è tutta una fontana che copre i bambini invasati di gioia, lì sotto.

Raccontatemi un'altra storia la prossima volta, a Natale.

È la fine

Hey Joe, dove pensi di andare con quella pistola?

Vado a dare una lezione a Babbo Natale, Jim.

Una lezione a Babbo Natale? E perché mai?

Sai... lo sai che mi ha sbagliato il regalo sotto l'albero?

E per questo, aspetta... per questo lo vuoi far fuori? Manco ti avesse soffiato la ragazza, Joe.

Non è per il regalo... scusa, volevo dire che non era per me il regalo, ma per mio figlio. Ha sbagliato il regalo sotto l'albero a mio figlio.

Ahia, capisco.

Ma tu ci credi a Babbo Natale?

Coi figli non si sbaglia, Jim!

Ma siamo tutti figli di qualcuno, no?

Cosa vuoi dire, Jim? Figli di chi?

Nel senso, mantieni la calma... se sbagli con una persona, stai sicuramente sbagliando con il figlio di qualcuno, è una questione di logica. Tutti sbagliamo con i figli.

Non hai capito, Jim. Nessuno può sbagliare con il mio di figlio! Hai figli degli altri possono pure regalare un mucchio di merda, per Natale. Non al mio.

Come stai tonico, Joe, si vede che la sai lunga tu. Anche troppo.

Sono le strade di Chicago che mi rende così: un po' killer, un po' romantico, i valori di un tempo... e l'aria del Natale fa il resto.

Da dove l'hai presa la pistola?

Da un ricettatore, amico di mio fratello.

E non pensi sia meglio ridarla al ricettatore quella pistola?

È la fine

No, Babbo Natale ha sbagliato il regalo per mio figlio. Ci ha rovinato il Natale, la deve pagare.

Ma non ci sarà mai più Babbo Natale poi, te ne rendi conto?

Meglio, così non farà altri errori del genere, con altri bambini.

Ma allora t'interessa degli altri bambini!

No, ma dire una cosa del genere riesce a farmi passare per altruista, l'ho imparato su Facebook. Non faccio nemmeno più la donazione all'Unicef.

Dai, cambia idea.

No, ora vado, ciao. Vado a farlo fuori.

"Forse era meglio farsi sputare in faccia."

Dello stesso autore:

"Mozart, Tesla e questa birra doppio malto"

"Joeffrey Jocks e il tribale concetto di famiglia"

"Le diciassette lettere della colonia infame"

.